KB001746

결혼식을 위한 쾌적한 날씨

휴머니스트 세계문학 034

결혼식을 위한 쾌적한 날씨
CHEERFUL WEATHER FOR THE WEDDING

줄리아 스트레이치 | 공보경 옮김

차례

일러두기

1. 번역 대본으로는 Julia Strachey, *Cheerful Weather for the Wedding*(Persephone Books, 2021)을 사용했다.
2. 주석은 모두 옮긴이 주다.
3. 본문 중 굵은 글씨는 원서에서 이탤릭체로 강조한 부분이다.

서문

　나는 줄리아 스트레이치 덕분에 우정이 무엇인지 배웠다. 줄리아는 동인도 철도 회사에서 근무하는 부친 올리버 스트레이치의 딸로 인도에서 태어났다. 줄리아는 "나는 아버지를 숭배했고 어머니를 깊이 사랑했다"라고 썼다. 다섯 살 전까지 줄리아의 인생은 말 그대로 '완벽한 천국'이었다. 줄리아가 다섯 살 때 부모가 별거하게 되면서 줄리아는 영국으로 돌아가 친척들 사이를 전전하며 살았다. 줄리아는 내가 다니던 소규모 기숙학교에 다니게 됐고 일요일마다 우리 집에 와서 지냈다. 내 어머니가 추천한 학교인데, 당시 어머니는 줄리아를 돌보던 스트레이치 가문 아주머니와 친구 사이였다. 우리는 마구간 다락에 올라가 앉아 온갖 얘기를 나누곤 했다. 그때 내가 아홉 살, 줄리아가 여덟 살이었다. 우리는 자유의지, 자유연애 같은 주제로 얘기를 나누면서 무척 즐겁게 지냈다.

열네 살이 된 나는 비데일스 학교로 가게 됐다. 줄리아가 이미 1년 정도 다니고 있던 학교였다. 그때부터 줄리아와 자주 못 어울렸는데 겨우 한 살이지만 나이 차가 있다보니 같은 학교 학생이라도 자연스럽게 멀어진 것 같다. 나는 반장이라 줄리아에게 이런저런 지시를 해야 할 때도 있었다. 줄리아는 공부를 열심히 한 것도 아니었고 게임이나 운동, 냉수욕, '비데일스 정신'을 좋아하지도 않았다. 우리는 서서히 멀어졌다. 나는 케임브리지 대학에 진학했고 줄리아는 첼시에 살면서 슬레이드 미술 학교에 다녔다. 1924년에 줄리아는 블룸즈버리의 42 고든 스퀘어에 있는 아버지의 집에 들어가 살게 됐다. 그리고 1926년에 내가 랠프 파트리지와 함께 그 옆집에서 살기 시작하면서부터 우리는 곧바로 옛 우정을 회복했다.

안타깝게도 줄리아는 삶에 잘 적응하지 못했다. 남자들에게 많은 관심을 받고 싶어 했고 교태도 잘 부리는 편이었는데 막상 관심을 받으면 냉담하게 굴었다. 그래도 사람들에게 적대감을 불러일으키지는 않아서 사람들은 대체로 그녀를 좋아했다. 예를 들어 로저먼드 레만은 남편 워건 필립스에게 줄리아가 미친 사람처럼 들이대는데도 줄리아와 친하게 지

내려 애썼다.

줄리아가 그런 식으로 행동한 이유는 어린 시절 부모에게 버림받았기 때문인 듯하다. 줄리아는 다섯 살 때 이후로 어머니를 어쩌다 한 번씩밖에 보지 못했다. 어머니가 재혼 후 아들을 낳았는데 줄리아는 살면서 그 아들을 딱 한 번 봤다고 했다. 이혼 후 줄리아의 아버지가 아내 루비를 만나 "아, 루비, 그동안 잘 살았나보네. 남편은 몇 명이나 있었어? 셋?" 하고 묻자 루비가 "넷이에요, 올리버. 넷이요"라고 대답했다는 일화가 있다.

줄리아는 1927년에 스티븐 톰린(스티븐의 모친은 《결혼식을 위한 쾌적한 날씨》에 나오는 대첨 부인의 모델이다)과 결혼했지만 그를 진심으로 사랑하지는 않았다. 결혼 생활을 4년 만에 끝낸 후 줄리아는 웨이머스가의 작은 집에서 살았다. 나는 랠프와 런던에 있는 동안 그 집에서 살기도 했다. 줄리아를 숭배하는 이들은 꽤 많았는데 그녀와 지속적인 관계를 맺은 사람은 소수였다. 나는 1983년 출간한 《줄리아》에서 "그래도 첫 번째 결혼과 두 번째 결혼 사이의 몇 년 동안 줄리아는 자유분방하면서도 귀족적인 사교계 활동을 즐겼다. 시골 저택 파티와 만찬에 초대받는 족족 거의 다 참석했다"라고 쓴 바 있다.

줄리아가 《결혼식을 위한 쾌적한 날씨》를 집필한 곳은 로

크브륀에 있는 고모 도러시 부시의 집 '라 수코'였다. 몇 년 후 줄리아와 함께 그 집을 방문했을 때 나는 일기장에 이렇게 썼다. "줄리아는《결혼식을 위한 쾌적한 날씨》를 집필한 이곳에서의 나날을 잊지 못했다. 여기서 살 때 그녀의 인생은 순탄하게 흘러갔고 글을 쓸 때도 막힘이 없었다."《결혼식을 위한 쾌적한 날씨》는 덩컨 그랜트가 디자인한 표지로 지금으로부터 70년 전인 1932년 9월에 출판됐다. "버지니아 울프는 햄 스프레이에 사는 도라 캐링턴을 찾아가 이 책의 일러스트 작업을 요청했는데 도라의 생계를 조금이나마 도와주려는 의도도 있었다. 하지만 안타깝게도 다음 날 도라는 스스로 생을 마감하고 말았다.《결혼식을 위한 쾌적한 날씨》는 사적이면서도 희비극적인 작품이라 많은 비평가에게 인정받았다. 특히《뉴욕 타임스》는 '이 위트 넘치는 작은 스케치 같은 작품은 대단히 특이한 유머 감각과 관찰력, 통찰력을 보여준다'라고 평했다. 이 책이 출판된 후《뉴요커》의 문학 편집자는 줄리아에게 편지를 보내 앞으로 어떤 원고든 출판할 테니 자기에게 원고를 보내달라고 청했다(이 문학 편집자는 한동안 줄리아의 이 책을 직원 필독서로 삼았다고 전해진다)"《줄리아》에서 발췌).

1939년, 희곡을 쓰기 전(희곡 집필은 줄리아의 큰 꿈 중 하나였다) 연극 제작을 배우기 위해 연극 학교에 다니던 줄리아는 로런스 고잉을 만났다. 로런스는 줄리아보다 열일곱 살 연하이며 훗날 예술비평가로 성장한 인물이다. 로런스는 몇 년 전에《결혼식을 위한 쾌적한 날씨》를 무척 재미있게 읽었다고 줄리아에게 말했다. 이에 대해 줄리아는 "내가 그 대화를 지금까지 기억하는 이유는 나중에 알고 보니 그가 어처구니없는 거짓말을 한 걸 알았기 때문이다"라고 썼다.

그 후 30년 동안 줄리아는 파트너인 로런스 고잉과 행복한 나날을 보냈는데, 30년 중 15년은 부부로 살았다. 그들은 서로의 농담에 큰 소리로 웃고 떠들며 살았다. 특히 로런스는 줄리아를 헌신적으로 돌봤다. 그러다 1962년부터 로런스가 같은 예술 학교 교사이자 대단히 매력적인 여성과 사랑에 빠지면서 한동안 셋이 파트너 관계를 유지하며 살아보려 했다. 하지만 로런스와 새로운 아내 제니 사이에 아이들이 태어나면서 더는 그런 관계를 유지할 수 없게 됐다. 내가 알기로 로런스의 아내 제니 고잉은 무척 다정하고 교양 있는 사람이었지만 결국 줄리아는 점점 더 외로워질 수밖에 없었다.

줄리아는 날씬하고 예쁜 편이라 1920년대에 한동안 푸아레에서 모델로 활동하기도 했다. 줄리아는 세밀한 부분까지 꼼꼼히 볼 줄 아는 안목이 있었고 모든 부분을 명확히 인지

했으며 신나게 놀리는 걸 잘하기도 했다. 그런 걸 보면 꽤 재미있는 사람이었던 것 같다. 게다가 완벽주의자이기도 했는데 나는 이 부분에 관해 내 책에서 이렇게 썼다. "줄리아는 (스트레이치 가문 사람답게) 대단히 비판적인 성격이라 언제나 최고 수준을 지향했다. 최고 수준에 도달하지 못하는 것을 비도덕적이라 생각할 정도였다. 완벽하게 해내지 못할 것 같으면 아예 시작조차 안 해버리기도 했다." 어떤 글을 쓰든 전부 잘 쓰려고 애썼고 결과물도 좋았다. 줄리아의 글을 본 적 있는데 같은 내용을 조금씩 다르게 잔뜩 써놓곤 했다.

"내가 볼 때 줄리아는 스스로를 적대적인 우주가 창조한 비타협적 현실 상황에 휘말린 사람으로 여겼다. 아침에 일어나 쇼핑하고 시간 맞춰 생활하는 것이(사람들 대부분에게는 귀찮고 사소한 일상일 뿐이었지만) 줄리아에겐 도저히 올라갈 수 없는 높은 산이나 마찬가지였다. 다들 그렇게 살아간다는 걸 줄리아는 받아들이지 못한 것 같았다"(《줄리아》에서 발췌).

버지니아 울프는 자신의 일기장에 줄리아를 '재능을 낭비하는 사람'이라고 적어놓았다. 당시 스물세 살이던 줄리아를 통찰력 있게 평가한 것이다. 버지니아는 (남편과 함께 운영한 호가스 출판사에서 출판된)《결혼식을 위한 쾌적한 날씨》의 원고를 읽고 나서 "대단히 매력적이고 영리하며 놀랍도록 까다

로운 이야기다……. 무척 잘 쓴 글인 것 같다……. 드물게 완벽하고 예리하며 개성이 있다……. 이렇게 괜찮을 줄 몰랐다"라고 평하면서 "하지만 줄리아 스트레이치가 언제든 원고를 갈기갈기 찢어버릴 수도 있겠다는 느낌이 든다. 줄리아는 묘하고 비밀을 중시하며 억눌려 있다"라고 덧붙였다.

나는 1983년에 이렇게 썼다. "줄리아는 진심으로 하고 싶은 일을 위해 기운을 비축해두었다. 그녀는 선별적인 독서를 하면서 읽은 내용을 기억에 담아두었다. 동물들을 좋아해서 한 시간씩 지켜보곤 했는데 한번은 '난 동물들을 존중하기 때문에 애완동물로 삼을 수가 없어요'라고 내게 말한 적이 있다. 인간의 성격이라는 주제에 매료된 줄리아는 친구들을 날카로운 탐조등으로 삼아 그 주제를 파고들었다. 또한 시골 생활을 즐기면서도 도시에서만 찾을 수 있는 자극을 갈망하기도 했다. 줄리아는 안톤 체호프, 헨리 제임스, 마르셀 프루스트, 그라우초 마크스를 삶의 길잡이로 삼았다. 그녀가 칭찬할 때 즐겨 쓴 표현은 '유익하다', '마음씨가 곱다', '자연스럽다' 외에 '멋있다', '학자 느낌이 난다', '창의적이다', '세련됐다' 등이 있고, 비난할 때는 '조화롭지 않다' 같은 표현을 썼다."

1978년, 펭귄북스는 《결혼식을 위한 쾌적한 날씨》를 줄리아의 1951년 소설 《부두의 남자》와 한 권으로 엮어 재발행

했다. 하지만 줄리아는 그다지 기뻐하지 않았다. 필립 토인비는 《업저버》 신문에 실은 글에서 《결혼식을 위한 쾌적한 날씨》가 《부두의 남자》보다 약간 더 완벽하다고 평하면서 "예리한 시선과 섬세한 말솜씨를 가진 관찰자를 통해 참석자들의 불합리함을 드러내는 한편, 더 깊은 차원에서 그들이 지닌 무력한 절망감을 표현한다"라고 썼다.

줄리아는 퍼시가에서 외롭고 우울한 말년을 보냈다. 정신이 맑고 감각이 또렷해질 때도 있었지만 몸이 너무 아프다보니 무엇에든 관심을 쏟기 어려워져 결국 삶의 방향성을 잃고 말았다. 나는 줄리아와 함께 이웃 상점들을 찾아가곤 했다. 병환으로 삶의 끝자락에 있던 줄리아를 만나러 패딩턴의 병원을 찾아갔던 기억도 떠오른다. 그녀의 삶이 끝나는 날까지 우리는 친구였다.

2002년 런던에서

프랜시스 파트리지

1

　3월 5일, 남편을 떠나보내고 혼자가 된 중산층 여성 대첨 부인은 스물세 살 된 큰딸 돌리를 오언 비검과 결혼시키기로 했다. 외교부에 몸담은 오언은 돌리보다 여덟 살 많았다.

　으레 그러듯 약혼 기간은 한 달 정도로 짧게 잡았다. 오언이 3월 말에 남미로 건너가 몇 년 동안 그곳에서 근무할 예정이라 돌리도 결혼 후 오언과 함께 떠나기로 했다.

　오언과 돌리는 대첨가의 시골 저택에서 결혼식을 올릴 예정이었다. (오언의 부모가 소유한 시골 저택도 그 지역에 있었는데, 말턴 마을의 만 건너편이었다.)

결혼식 날 아침은 온통 잿빛인 데다 쌀쌀하기까지 했다.

아침 9시 5분, 식사를 하러 거실을 가로지르던 돌리는 중년의 시중 하녀 밀먼과 부딪혔다.

"아, 미안, 밀먼."

"괜찮아요, 아가씨. 릴리가 찾아낸 것 좀 보세요. 유아실에 있던, 아가씨의 옛날 책상 있잖아요. 그 책상의 서랍 뒤쪽에 이런 게 박혀 있었어요."

밀먼은 돌리에게 네모진 파란 가죽 가방을 건넸다. 색이 빠지고 누런 줄무늬가 있는 그 가방은 손잡이가 헐겁게 덜렁거렸다.

"작년 여름부터 거기 있었나봐요. 그때 아가씨가 유아실에서 아가씨 물건들을 싹 빼셨잖아요. 책상은 다락에 올려놓으라 하셨고요."

"어머, 밀먼. 서랍 안에 온갖 소중한 물건이 들어 있었을 것 같아. 거기 두고 잊어버린 수표도 수백 장이고 내 브로치랑 갖고 있다가 잃어버린 요리사의 금 골무 같은 것들도 있을 거야."

"찬찬히 들여다보세요, 아가씨. 말씀하신 물건들이 아마 거기 다 있을 거예요!"

밀먼은 명랑하게 웃으며 거실을 나섰다.

돌리는 바로 옆의 작은 책상 앞에 앉아 네모난 가방을 열었다. 거의 비어 있었다. 보풀이 일어난 회색 안감, 바닥에 떨어진 비스킷 부스러기, 분홍색 버스표, 그리고 접혀 있는 오래된 편지 봉투가 보였다. 편지 봉투에 적힌 글씨는 어머니의 필체였다. 봉투를 열고 편지를 꺼냈다. 작년 7월에 쓴 그 편지의 상단에 수신자 주소가 적혀 있었는데, 어머니의 친척 밥 데이킨 아저씨가 사는 해들리 힐의 집 주소였다. (밥 데이킨의 정식 호칭은 데이킨 참사회원이었다. 돌리는 아버지가 돌아가셨고 삼촌들도 없어서 그날 오후 결혼식 때 밥이 신부 돌리를 신랑에게 건네주는 역할을 하기로 되어 있었다.)

돌리는 편지를 대강 훑어보았다. 어머니가 쓴 다른 편지들과 비슷한 내용일 것 같았다.

미소를 지으며 그 편지를 읽어 내려갔다.

B 아주머니에겐 참 불쾌하고 눅눅한 주말이었을 거예요. 다음 주 토요일에 B 아주머니의 M. W. O. S. 행사가 있어서 K와 Ch, F 씨, P는 초청 카드를 쓰는 일을 도왔어요. 웃고 떠들면서 부산하게 시간을 보냈죠. 당신이 알고 싶어 한 주소를 받았다고 확인해줄 겸, 동봉한 엽서에 내용을 적어서 L에게 보내줄래요? 오늘 L과 점심을 먹었는데 당신이 자기한테 감사

편지를 안 보낸 걸 보니 아무래도 주소를 전달 못 받은 것 같다면서 걱정하더라고요. 오늘은 밥 아저씨가 새로 장만한 집에 들렀어요. 해들리 힐 꼭대기에 있는 집인데 밝고 아담해요. 외풍이 좀 있긴 한데 날씨가 좋을 때는 쾌적하고 아늑할 것 같아요! 꽃들이 화사하게 피었고 오래된 색슨 성당도 훤히 보여요! 딘즈버리에서 여기까지는 8킬로미터, 처턴에서는 12킬로미터('얘기가 딴 데로 새네'라고 돌리는 생각했다), 그레이트 브로딩턴에서 16킬로미터(리틀 브로딩턴에서는 13킬로미터), 벨힐에서 24킬로미터 거리예요. 우린 L에서 온 C와 M, P, W. 맥그로스와 자동차를 타고 기분 좋게 드라이브를 나갔어요. 딘즈버리로를 따라 차를 몰고 가다가 티기컴에서 좌회전하고 런던 대로와 해들리로를 가로질러 우회전해서 웍스보텀까지 갔죠. 웍스보텀은 크록돌턴에서 겨우 4킬로미터 떨어진 곳에 있어요(펙워스에서는 5킬로미터도 안 돼요).

돌리는 그 뒤 반 페이지는 건너뛰고 아래쪽을 읽어 내려갔다.

K가 술을 너무 심하게 마셔대니 밥 아저씨가 힘들 수밖에 없죠. K에 관해 무시무시한 얘기를 들었어요. 너무 안타까워요! K는 참 별나요! 부모가 그렇게 **헌신적인데**……

돌리는 편지에서 시선을 들었다. 넋 나간 듯 멍해졌다. 사촌 K는 어렸을 때 돌리네 집에 놀러 와서 머물다 가곤 했다. 알코올중독자(어머니는 K를 알코올중독자라고 불렀다)가 된 사촌 K를 생각하다가 멍해졌을까, 아니면 런던 대로와 해들리 로를 생각하다 그리됐을까.

책상 위에 놓인 오래된 거울을 바라보았다.

녹슬어 생긴 점이 백 개쯤 퍼져나간 거울이었다. 세월의 흐름을 이기지 못하고 뒷면의 수은이 시커멓게 변해 있었다. 시체 같은 거울 면에 반사된 거실은 죽음의 기운이 흐르는 기괴한 금속의 황혼 속에 영원히 떠다니는 듯 보였다. 거울 바깥의 실제 세상에서는 본 적 없는 기묘한 풍경이었다.

거울 속 거실은 꿈에서 본 익숙한 방 같았다. 단조롭고 사소한 현실의 느낌은 지워지고, 유령이 출몰할 것도 같고 특별한 의미가 있을 것도 같은 공간이 됐다. 교차로 놓인 책 두 권, 탁자의 둥그런 상판, 시계 위에 붙어 있는 도마뱀 조각상 머리, 소파 윗부분과 팔걸이는 바깥 하늘의 회색빛 속에 은은하게 빛나고 그 외에 모든 것은 그림자에 묻혔다. 창문 바깥에 덩어리진 느낌으로 서 있는 투명한 양치식물은 색이 너무 선명해 두려움마저 자아냈다. 생기를 지독하게 머금은 느낌이랄까. 긴 등을 쭉 펴고 일어나 톱니처럼 삐죽삐죽한 몸을 위협적으로 웅크리고, 서로를 부둥켜안은 채 몸을 이리저리 뒤틀면서, 두 갈래로 갈라지고 리본처럼 기다란 혀를 서로에게 쭉 뻗은 모양새였다. 그러다 별안간 끔찍한 충동에 휩싸였는데…… 돌리는 여행자들이 콩고의 밀림을 묘사했던 내용을 떠올렸다. 서로의 숨통을 조이며 소리 없이 투쟁하는 초목의 삶에 관한 내용이었다.

이 그림을 완성하는 것은 돌리의 하얀 얼굴이었다. 검은 반점이 있는 양모 가운을 입고 입술을 안쪽으로 잔뜩 말아 넣은 채 창백하게 반짝이는 그녀의 얼굴은 황혼에 물든 늪에서 홀로 피어나 양치식물 앞에서 인광을 내는 난초 같았다.

하얀빛을 발하는 난초 같은 그녀의 얼굴은 거울의 어두운 표면 중앙에서 오륙 분 동안 꼼짝하지 않았다. 두 눈만 쉴 새 없이 데굴데굴 굴리며 방 안을 둘러보고, 훑어보고, 돌아보는 모습이 기묘하게 느껴졌다. 데굴데굴…… 아무리 봐도 괴이했다……. 얼굴은 소극적이고 냉담한데, 눈은 잠시도 가만히 있지 못하고 움직거렸다.

거울 속 눈에 특이한 각도로 빛이 담겼다. 두 눈이 불쾌하게 빛나는 듯 보인 것도 그래서일까. 기진맥진하지만 몸에 열이 절절 끓는 병든 여자의 번뜩이는 눈처럼 마구 움직이는 느낌이었다.

"오늘 아침엔 하녀들이 대체 무슨 생각들인지 이해가 안 되는구나. 9시 15분이 다 됐는데 아직도 아침 식사가 준비되질 않았어! 이런 식으로 식사 시간을 계속 늦추다니. 어이가 없어, 정말!"

방으로 들어온 대첨 부인이 돌리의 등 뒤에서 외쳤다. 대첨 부인은 의자마다 돌아다니면서 쿠션을 손으로 팡팡 두드려 부풀려놓았다. 부인은 경악스러워하는 냉정한 말투였고 부릅 뜬 두 눈은 쌍둥이 빙하처럼 빛났다.

"얼른 가서 요리사한테 네 아침 식사를 준비하라고 해. 안 그랬다간 우린 시간 맞춰 너한테 드레스를 입히고 멋진 장신구를 걸어주지도 못할 거다……. 서둘러줄래, 딸아?"

돌리는 편지와 버스표, 가죽 가방을 전부 휴지통에 쓸어 넣고 조찬실로 향했다.

방에 남은 대첨 부인은 몇 분 동안 자그마한 발로 종종거리고 돌아다니며 꽃병에 꽂힌 수선화에서 시든 대가리를 꺾어 떼어내고, 창가의 커튼을 젖히거나 펼쳐 알맞게 조절하고, 신발을 신은 자그마한 발끝으로 카펫의 얼룩진 부분을 문질렀다. 대첨 부인은 여느 때처럼 울적하면서도 날카롭게 곤두선 표정으로 이 모든 일을 해치우고 있었다. 살아 있는 호박벌들을 어쩌다 한 통 삼킨 후 배 속에서 벌들이 붕붕 날아다니는 느낌을 받기 시작한 사람 같았다. 걸음을 멈추고 시계를 올려다본 부인이 탄식했다.

"도대체 이해를 못 하겠어!"

부인은 거실을 나가 바삐 주방으로 향했다.

2

가족들이 모여 앉아 시간을 보내곤 하는 대첨 저택 뒤쪽의
기다란 가족실에 눈부신 정오의 햇빛이 쏟아져 들어왔다. 이
저택이 절벽 위에 자리한 탓에 여느 때처럼 강한 바람이 우
짖으며 휘몰아치고 있었다. 결혼식은 오후 2시였다. (편리하게
도 이 댁 정원 담장 너머에 바로 성당이 있었다.)

창문을 통해 들어온 햇빛이 크레톤 사라사 천으로 된 시든
등나무색 소파와 안락의자에 길쭉한 직사각형을 그렸다. 잡
지며 서재에서 가져온 책을 쌓아둔, 놋쇠 소재의 다리 달린
인도식 쟁반에도 밝은 빛이 드리웠다. 피아노 끄트머리에 걸

쳐놓은 흰색과 갈색 세르비아 자수천, 은제 사진 액자들, 무어식 종이 자르는 칼에 노란 햇빛이 반사됐다. 활활 타오르는 통나무 장작불마저 이 환한 햇살 아래서는 빛을 잃었다.

대첨 부인은 평소 이 방에 수선화, 푸크시아, 수국, 시클라멘 같은 꽃 화분을 잔뜩 들여놓았다. 오늘은 분홍색과 빨간색 히아신스, 그리고 온갖 종류의 색 바랜 연보라색 꽃도 벽난로 근처의 탁자 위에 잔뜩 올려두었다. 가늘고 매끄러운 꽃잎들이 창문으로 흘러 들어온 강철처럼 푸르스름한 봄 햇살을 받아 반짝거렸다.

신부 쪽 친척인 열세 살 남학생이 소파에 길게 드러누워 《더 캡틴》 잡지를 읽고 있었다. 머리카락이 검은 그 소년의 이름은 로버트였다. 로버트의 반들거리는 까만 눈은 뭉근하게 익힌 건자두 알이나 새까만 당밀 같았고, 피부는 검붉은 복숭아색이었다.

계단 앞에서 괴상하게 잘난 척하며 서성이는 소년은 로버트의 형 톰이었다.

금발에 외모가 보기 좋은 톰인데, 지금은 어째서인지 도자기 같은 파란 눈을 황소개구리 눈처럼 부릅뜬 상태였다.

두 소년은 결혼식에 참석하기 위해 머리카락을 새틴처럼 깔끔하게 빗어 넘겼고, 먼지 한 톨 안 붙은 검은 외투를 차려입었다.

"로버트."

별안간 시커먼 수조 바닥에서 커다란 물방울 하나가 수면으로 올라와 낮고 공허하게 탁 터진 듯했다. 방금 입을 연 사람이 지금껏 천천히 서성이던 톰이 맞는지 헷갈릴 지경이었다.

"로버트."(낮고 공허하게 다시 물방울이 터졌다.)

"로버트. 로버트."

톰은 서성이는 발걸음을 멈추지 않고 계속 동생의 이름을 불렀다.

"로버트."

이번에는 소파 헤드 뒤쪽에서 부드럽게 그의 이름을 부르는 소리가 들렸다. 톰이 어느새 소파 뒤쪽으로 간 것인데, 로버트는 형이 그리로 간 줄도 모르고 있었다.

톰이 부드럽게 동생을 불렀다.

"로버트. 로버트. 야, 로버트. 로버트. 로버트."

소파 헤드 너머로 몸을 기울인 톰은 마치 최면 치료를 하는 의사처럼 단어 하나하나를 정확하게 발음하며 부드럽게 불러댔다.

"어머니는 네가 위층 네 방으로 올라가서 그 난감한 양말을 갈아 신길 바라실 거야."

로버트는 환자 취급을 받고도 살았는지 죽었는지 대꾸도 하지 않았다.

"양말 다른 걸로 갈아 신어, 로버트. 어머니가 이 자리에 안 계신다고 멋대로 굴 생각 마, 로버트."

로버트는 검은 신발을 신은 발을 소파 팔걸이에 교차해서 걸쳐놓고 앉아 있었다. 구두와 바지 사이로 에메랄드색 양말이 보였다.

"로버트. 로버트. 로버트."

그러자 로버트는 들고 있던 《더 캡틴》을 바닥에 패대기치더니 톰에게 고개를 치켜들고 소리쳤다.

"입 닥치고 저리 꺼져, 멍청아!" 로버트의 목소리에는 울음기가 담겨 있었다. "무슨 **권리로** 날 계속 괴롭히는데? 지긋지긋하게 귀찮게 하네!"

그러고는 바닥에 떨어진 잡지를 낚아채듯 집어 들고 다시 읽기 시작했다.

일 분 정도 정적이 흐른 후 톰이 아무렇지 않게 말했다.

"로버트, 어머니는 네가 당장 올라가서 그 천박한 양말을 벗고 점잖은 양말로 갈아 신길 바라실 거야. 말 좀 들을래, 로버트?"

"무슨 개소리야? 방금 점잖은 양말로 갈아 신었다고!" 로버트는 잡지를 옆으로 홱 치우고 악을 쓰더니 덧붙였다. "어디로든 가서 처박혀 있기나 해."

로버트는 숨을 훅 들이마시고는 잡지로 눈을 돌렸다.

그러자 톰이 소파 너머로 몸을 기울이며 말했다.

"신사가 결혼식에서 신을 만한 양말은 아니잖아."

로버트가 웅얼거렸다.

"잔말 말고 꺼지라니까."

톰은 탄탄한 카펫을 천천히 가로질렀다.

"어머니가 기다리실 텐데……."

"아, 제발 좀 꺼져!"

그때 계단 중간쯤에서 어떤 여자가 날카롭게 소리쳤다.

"릴리! 얼른 가, 릴리! 빨리! 어서! 가!"

누군가 계단을 와다닥 내려왔다.

"당장 재봉실로 가서 로즈한테 오 분 안에 내 브로치를 찾아서 가져오라고 해!"

돌리의 여동생 키티가 이렇게 말하며 가족실로 달려 내려왔다.

키티는 몸집이 크고 대담해 보이는 열일곱 살 소녀였다. 신부 들러리 드레스의 거즈처럼 얇은 노란색 소매 밖으로 나온 두 손은 추위 때문에 벌겋게 부어서 마치 생고기 덩어리처럼 보였다. 넙데데한 얼굴의 차가운 피부에는 하얀 쌀로 만든 파우더를 두껍게 발랐고 립스틱도 진하게 발라서 연보라색 압지 가면을 쓴 듯했다. 두 뺨은 빨간 잉크라도 묻은 것처럼 달아올라 있었다.

"아, 톰. 아휴, 젠장. 이런 드레스를 입고 화관까지 쓴 나를 보고 완전 멍청하고 끔찍하게 괴상하다고 생각하는 거 다 알아."

키티는 거울 쪽으로 걸어가며 외쳤다.

"전혀. 아주 매력적이야."

톰은 뻣뻣하게 허리를 굽히며 절하는 시늉을 했다.

"아니, 아니야! 넌 안 좋게 생각하고 있어! 딱 보면 알아. 그러니까 그렇게 요상하게 절을 하지. 릴리!" 키티는 별안간 소리쳤다. "당장 브로치 들고 내려와! 다들 옷 차려입고 점심 먹을 준비를 마쳤어!"

멀리서 릴리의 목소리가 계단을 타고 내려왔다.

"못 찾겠어요, 아가씨……."

"아냐, 찾을 수 있어!" 키티가 천둥처럼 목청을 높였다. "가서 로즈 데려와. 왜 이렇게 바보 같은 거야!"

"어휴, 키티. 진짜 못 들어주겠다!" 거실 문간에서 누군가가 말했다. "여기서 소리치지 말고 위층으로 올라가서 말하든지 할래?"

몸집이 작고 깔끔한 젊은 여자가 손가락으로 귀를 틀어막고는 미소를 지으며 거실 문간으로 나왔다. 신부 돌리의 동창이며 절친인 에벌린 그레이엄이었다. 노란 신부 들러리 드레스 위에 회색 다람쥐 털 재킷을 걸쳤고, 보송보송한 양모 스카프를 얼굴에 둘러 귀를 감싼 모습이었다. 가느다란 녹색 눈이 반짝이며 춤을 추는데 눈 안에서 무지개가 반사되는 듯했다.

"으으으으으, 이러다 얼어 죽겠어!"

에벌린은 떨리는 목소리로 말하며 벽난로 앞으로 왔다. 그러고는 앙상한 두 손을 맞잡고 빠르게 문지르더니 무릎을 꿇고 앉아 맹렬하게 타오르는 벽난로 불을 향해 두 손을 내밀었다.

"다정하고 우아한 한 마리 파리 같네." 키티는 열정 가득한 눈빛으로 에벌린을 쳐다보면서 축음기 손잡이를 돌렸다. "나도 언니처럼 세련되고 지적이고 싶어! 신부 들러리 드레스를 입은 **내가 언니 눈엔** 어설프고 멍청한 코뿔소처럼 보이겠지만! 아, 굳이 한마디 할 필요는 없어! 부탁이니까 하지 마!"

"쯧쯧, 꼬맹아, 헛소리 어지간히 해. 아, 조금 있으면 찬 바람이 숭숭 들어오는 성당 안에 서 있어야 하잖아! 외투도 없이! 흠뻑 젖은 꽃다발을 손에 들고! 이러니저러니 해도 시대에 뒤떨어지고 케케묵은 관습을 지켜야 하니까 말이야."

"시대에 뒤떨어지고 케케묵은 관습이라니…… 아…… 진짜…… 에벌린 언니!" 키티는 충격받은 얼굴로 말을 이었다. "아, 언니도 조만간 결혼할 테니 그때 보면 알겠지! 얘기가 달라질걸……. 언니는 최고로 훌륭한 엄마가 될 거야. 돌리 언니도 마찬가지고. 요즘 언니들 둘이서 무슨 얘기를 하든……."

"잠깐만, 꼬맹아. 쉿. 맙소사, 저게 뭐야?"

축음기의 나팔에서 별안간 금속성의 날카로운 호루라기 소리가 터져 나왔다. 그 소리는 곧 형태를 갖추며 소소한 선율이 됐다. 기계 안에서 성난 호랑이들이 으르렁대는 것도 같고 하이에나 같은 짐승이 희미하게 웃는 것도 같았다.

키티는 노란 망사 망토를 엉덩이 쪽으로 바짝 당겨 여미고는 가족실 이곳저곳을 빠르게 돌아다니며 춤을 추기 시작했다. 어깨를 바짝 웅크린 자세로 추는 그 춤은 스카치 릴과 몽롱한 왈츠를 섞은 것 같았다. 여러 갈래로 갈라진 번개처럼 두 다리를 빠르고 경쾌하게 움직이면서 상체는 느긋하게 빙글빙글 돌렸다.

"아, 그만 좀 해, 키티!" 소파 쪽에서 로버트가 번들거리는 커다란 갈색 소눈으로 사촌 키티를 쳐다보며 소리쳤다. "어지러워 죽겠어."

"릴리!" 키티가 온 힘을 다해 악을 쓰더니 축음기 스위치를 껐다. "**지금…… 당장…… 브로치…… 갖고 내려와!**"

그 자리에 함께 있던 세 사람은 손으로 귀를 틀어막았다.

유리 정원 문이 박박 갈리는 소리를 내며 바깥에서 안쪽으로 벌컥 열렸다. 방 안으로 세찬 바람이 불어 들었다. 커튼이 커튼 봉에서 떨어져 나갈 것처럼 마구 펄럭였다. 복도 문 아래에서 "깨애애애애애애액" 하는 길고 맹렬하며 날카로운 울음소리가 들려오자 모두 암울한 예감에 심장이 철렁했다.

홀에 깔린 커다란 카펫이 머리를 곧추세우고는 성난 큰바다뱀처럼 길고 부드럽게 너울거렸다.

"**악마들이 떼로 몰려왔나.**"

에벌린은 악마가 얼굴을 찌푸리듯 입꼬리 한쪽을 비딱하게 올리며 중얼거리고는 외투의 목깃을 바짝 세웠다.

대첨 부인이 방에 들어와 등 뒤로 문을 닫았다. 새틴 소재의 결혼식 예복 위에 붉은 망토를 걸친 모습이었다.

"거북이가 다시 세상 구경을 하려고 코를 내밀었어." 대첨 부인은 도어 매트에 작은 발을 거침없이 문질렀다. "돌리에게 애정 어린 마지막 인사를 하려는 거겠지. 돌리도 우리만큼이나 그 거북이를 그리워할 거야."

그때 복도 저 아래서 문이 쾅 닫히는 소리가 들렸다.

에벌린이 맞장구를 쳤다.

"그렇겠죠."

거북이는 돌리가 지난여름 조지프 패튼(당시 런던 모 대학의 인류학과 학생)이라는 젊은 친구한테 받은 선물이었다.

런던에 사는 조지프는 결혼식 때문에 이 집에 왔고, 지금은 바로 옆방에 홀로 앉아 있었다.

"벌써 12시 30분이야." 대첨 부인은 유리처럼 맑은 오렌지색 눈으로 가족실을 둘러보더니 지친 표정으로 키티를 돌아보며 물었다. "돌리는 드레스 입으러 올라갔니?"

"아, 언니는 2층에 올라간 지 한참 됐어요, 어머니." 키티는 거울 앞에서 화관을 매만지느라 여념이 없었다. "이렇게 차려 입으니까 저 너무 멍청해 보이지 않아요?"

"2시에 결혼식인데 가족들은 절반도 안 왔어! 우린 (지금 **여기 있는** 우리 모두) 위층에 올라가서 뭐라도 먹는 게 좋겠구나. 밀먼한테 간식 겸 점심으로 먹을 차가운 음식을 유아실에 준비해두라고 일러놨어." 대첨 부인은 창문 앞으로 후다닥 걸어가더니 친츠 커튼을 홱 당겨 젖히고, 창턱 밑에 붙여놓은 긴 의자에 놓인 쿠션들을 손으로 팡팡 두들겼다.

"아, 돌리의 결혼식 날에 날씨가 참 아름답구나! 모든 게 쾌적하고 기분 좋고 정원도 화사해. 말턴 고원까지 훤히 내다보여!"

소파 뒤의 서재 문 앞으로 수선스럽게 걸어간 대첨 부인은 당황해 소리쳤다.

"어머, 이게 뭐야?"

대첨 부인이 서재 문을 열자 연한 젤리 소스를 곁들인 커틀릿 요리, 큼직한 샐러드 접시, 화이트 와인 여러 병, 쌓아놓은 샌드위치 등이 있는 긴 식탁이 보였다.

"아휴! 밀먼이 간식 겸 점심을 여기 차려놨네!"

침묵이 흘렀다. 대첨 부인은 커틀릿과 샌드위치를 싸늘하게 노려보았다.

"실망스러워. 밀먼이 이상하게 구네. 왜 하필 지금 이러는 거야! 서재를 비워놔야 하니까…… 유아실에 차리라고…… 분명히 지시했는데…… 왜 이렇게 해놨어!"

"이상할 거 없어요, 어머니. 어제 차 마시는 시간에 어머니가 밀먼한테 오늘 유아실에 불을 피울 일이 없도록, 점심으로 먹을 찬 음식을 **서재에** 준비해두라고 지시하는 소리를 제가 분명히 들었거든요."

"아니, 무슨 소리야. 네가 잘못 들었겠지." 대첨 부인은 재빨리 딸에게 설명했다. "내가 분명히 유아실에다가…… 어휴, 됐다. 이미 차려져 있으니 다들 서재로 들어와. 로버트, 애야!

그 대단한 책들은 우리 집 멋진 소파 커버에 올려놓기엔 적당하지 않은 것 같구나……. 와서 뭐라도 좀 먹으렴. 센 불 앞에 그렇게 거꾸로 누워 있으면 몸에 해로워. 네가 읽고 있는 그《더 캡틴》은 괜찮은 잡지 맞니? 휴가 기간에 잡지나 읽고 있으면 네 어머니가 좋아하지 않을 텐데……."

로버트가 서재로 가려고 슬그머니 소파에서 일어나 대첨부인 뒤로 빠졌다. 그걸 본 톰이 세 걸음 만에 성큼성큼 걸어가 문간에서 로버트의 팔꿈치를 잡았다.

"야, 얼른 **가서** 그 양말 갈아 신고 와! 다른 럭비 선수가 결혼식에 올 수도 있잖아! 그런 일이 벌어질 수도 있어!"

로버트가 뿌리치려 하자 톰은 동생의 팔을 더 꽉 잡았다.

"그 선수가 학교에 가서 양말 얘길 퍼뜨리면 어쩔 거야, 로버트! 소문이 쫙 퍼지겠지! 너무 끔찍한 일이잖아! 어쩔 거야!" 그는 로버트의 팔꿈치를 잡고 흔들었다. "제발 너무 **늦기 전에** 양말 갈아 신어."

톰은 이를 악물고 말했다.

"이건 완벽하게 멀쩡한 양말이야. 형이 무슨 소릴 하는 건지 모르겠어. 듣기 싫으니까 꺼져."

로버트는 형의 손을 뿌리치고 점심 식사가 차려진 식탁 앞으로 걸어갔다.

가족실 쪽으로 문이 열린 조용한 거실에 조지프 패튼이 혼자 앉아 있었다.

화분에 잔뜩 담긴 무성한 양치식물들이 온실의 철사 거치대에 놓여 있어서, 온실을 통과해 가족실로 흘러든 햇살이 환한 초록빛을 드리웠다.

트위드 정장 차림으로 소파에 앉은 조지프는 녹암으로 만든 조각상 같았다. 옅은 색 머리와 얼굴, 입, 눈, 손목, 손은 움직임이 전혀 없고 푸르스름한 빛을 머금었다.

키티는 어머니의 호밀 비스킷을 가져오려고 식당으로 가기 위해 거실로 들어왔다.

조지프는 앞으로 지나가는 키티의 노란 망사 망토를 붙잡으며 물었다.

"돌리는 **아직** 내려올 준비가 안 됐어?"

그는 그날 아침에 이 질문을 여섯 번째 하고 있었다.

"모르겠어요."

키티는 대충 대답하고는 거실을 지나 황혼 속으로 걸어 들어갔다.

가족실로 들어간 조지프는 테라스가 내다보이는 유리 정원 문에 기대섰다.

에벌린 그레이엄이 보고 있던 잡지를 놋쇠 탁자에 내려놓고는 조지프 옆으로 다가왔다.

황동색 햇빛이 정원을 환하게 물들이고 있었다. 거센 바람이 불자 덤불 줄기가 격하게 흔들렸다. 유리문 바로 바깥에 있는 팜파스 그래스 덤불에 매둔 줄무늬 리본들이 사방으로 뻗어나갔다. 팜파스 그래스 덤불이 팬케이크처럼 납작하게 짓눌려 있어 자갈 깔린 테라스와 거의 같은 높이로 보였다. 묵직하고 투명한 사람이 그 덤불 위에 올라앉아 있는 것처럼 부자연스러운 모양새였다.

에벌린이 피식 웃으며 말을 걸었다.

"대첨 부인이 말하는 아름다운 날씨의 기준이 여기서 말턴 고원까지 보이냐인 거 눈치챘어요? '말턴 고원까지 보이냐 **안 보이냐**'가 유일한 기준이잖아요. 더 멀리 보일수록 더 좋은 날씨인 거죠! 말턴 고원까지 훤히 보일수록 날씨도, 시골 지역의 풍경도 아름답다는 거예요."

에벌린은 소리 죽여 웃으며 본격적으로 이 화제에 열을 올렸다.

"대첨 부인은 언덕배기에서 **두** 나라가 전부 보이는 날이라야 이 지역 풍경도 사랑스럽다고 여기세요. 만약 **세** 나리기 동시에 보이면 그날 풍경을 더 멋지다고 평가하시겠죠. 사방으로 탁 트인 장대한 풍경이라고 느낄 테니까요."

조지프는 엷은 미소를 지으며 에벌린한테서 고개를 돌리더니 유리문 너머를 조용히 응시했다.

에벌린은 다른 쪽으로 고개를 돌린 그를 힐끗 쳐다보더니 그 자리를 떠나 서재에 있는 다른 사람들 곁으로 향했다.

다시 가족실에 홀로 남겨진 조지프는 편안하게 히아신스 탁자 옆 소파에 앉았다.

오 분 후, 소다수를 넣은 위스키 잔을 쟁반에 담아 든 밀먼이 서재로 가다가 조지프 앞에서 걸음을 멈췄다.

"몸이 안 좋으세요? 브랜디 좀 가져다드릴까요? 컨디션이 별로일 땐 술을 마시는 것도 괜찮거든요."

"아뇨, 괜찮습니다."

"아, 알겠습니다. 원하면 언제든 말씀하세요."

밀먼은 서재로 향했다.

드디어 자리를 털고 일어난 조지프는 사람들이 모여 있는 서재로 향했다.

붉은 베이즈 천을 씌운 여닫이문을 열고 복도로 나가자마자 그는 키 크고 머리가 허옇게 센 검은 사제복을 입은 남자와 마주했다. 남자의 수척하고 창백한 얼굴을 보니 단테이의 라파엘 전파• 그림이 떠올랐다. 남자는 가족들에게 데이킨 참사회원 혹은 해들리 힐의 밥 아저씨라 불리는 사람이었다.

의식을 집전하듯 정중하게 조지프와 악수를 한 밥은 런던에서 하는 공부는 잘되고 있는지 다정하게 물은 뒤 그의 곁을 지나 서재로 갔다.

얼굴이 벌겋게 달아오른 조지프는 애써 지은 환한 미소에 어울리지 않는 어색한 표정으로 밥의 질문에 대답하면서, 밥 옆에 비척비척 게걸음으로 다가가 나란히 걸었다. 그렇게 걸어가면서 소파 모서리, 피아노 모서리에 몸 뒤쪽을 툭툭 부딪혔다. 대첨 부인은 예전에 조지프와 돌리를 따라 수영장 쪽으로 걸어가면서 놀란 목소리로 싸늘하게 말한 적이 있었다. "저 젊은이는 앞으로 걷는 게 아니라 **뒤로** 걷는 것 같아. 쓰러지지 않고 계속 걷는 게 용하네! 참 특이한 사람이야!" 대첨 부인은 조지프를 싫어했다. 조지프가 어린 딸 키티나 하인들 앞에서 일부러 혐오스럽고 사악한 말을 내뱉는다는 이유에서였다. 그는 자주 그녀의 심기를 언짢게 했다. 대첨 부인은 그와 한자리에 있으면 불안하고 답답했다.

데이킨 참사회원과 조지프는 간식 겸 점심이 차려진 식탁 앞에 앉았다. 스무 살 청년으로 머리가 붉은 친척 '로브'도 아

● 19세기 중엽 영국에서 일어난 예술운동. 라파엘로 이전 시기인 14~15세기의 이탈리아 화가들과 비슷한 화풍을 추구했다.

까부터 그 자리에 있었다.

로브는 포크를 흔들어 인사하며 큰 목소리로 말했다(과학의 한 분야인 고고학을 상당히 깔보는 투였다).

"어이쿠! 고-고-학자 납셨네!"

키티는 목소리와 얼굴에 필사적으로 힘을 주며 조지프에게 물었다. 요즘 남자들과 애기할 때면 늘 그렇게 하는 편이었다.

"강의는 잘하고 계세요?"

"잘하고 있어, 고마워. 얼마 전에 크레타섬 주민들의 사춘기 관습에 관해 들었지."

조지프는 간단히 대답하고 커틀릿을 먹기 시작했다.

"정말요? **엄청** 재미있겠다!"

"맞아. 무척 흥미로워. 애기해줄까?"

그러자 대첨 부인이 목소리를 높였다.

"키티, 얘야! 키티! 키티! 맨 위의 창문 좀 열어줄래! 이 안의 공기는 늘 너무 답답해!"

별안간 로브가 포크를 허공으로 뻗어 올리면서 낭랑하게 외쳤다.

"우리는 하늘과 관련된 문제로 인해 뼈를 집어 던지는 두 남자를 보았다!"

로브가 조지프의 인류학 교과서에서 보고 마음에 들어 외워뒀다가 운율이나 논리에 상관없이 제멋대로 외쳐대는 구절 중 하나였다.

대첨 부인은 창가 쪽에 있는 키티에게 소리쳤다.

"거기 창가 의자에 있는 전등갓 좀 이리 주렴! 모두에게 보여줘야겠어! 도도 포츠그리피스 양이 운전기사를 통해 보내온 결혼 선물이에요. 손수 만들었다고 하더군요. 직접 칠을 하고 조립도 했고요. 정말 화사하고 예쁘죠!"

키티가 전등갓을 들고 왔다. 두툼하고 누런 종이로 된 정육면체 갓인데 가죽을 꼬아 만든 끈으로 사방의 측면을 둘렀다. 이 끈을 모서리마다 아래쪽 테두리에 길게 늘어뜨려 장식 술로 만들어놓았다. 장식 술 아래에는 색 바랜 보라색과 노란색 나무 구슬들을 주렁주렁 달았다. 중간중간에 대리석 구슬도 있고, 자그마한 코끼리와 원숭이 모양 조각도 끼워져 있었다. 전등갓의 종이 부분에는 엘리자베스 1세 시대의 갈레온*이, 갈레온의 위와 아래에는 (전등갓의 위와 아래 가장자리를 빙 둘러서) 하트 모양 잎사귀가 그려져 있었다.

갈레온과 잎사귀는 자연 그대로 세밀하게 그린 것도 아니고, 형태만 간단히 그린 것도 아니었다. 엘리자베스 1세 시대

● 15~17세기에 사용되던 스페인의 대형 범선.

의 모든 갈레온과 지금까지 온갖 전등갓에 그려진 모든 잎사귀의 평균적인 모양으로 윤곽을 잡아 그린 것이었다.

갈레온은 적갈색과 오렌지색을 띠었고 잎사귀는 파란색 3분의 1, 초록색 3분의 1, 탁한 갈색 3분의 1을 적당히 섞어 윤곽 안에 채워 넣었다.

"어때요, 정말 멋지지 않아요?" 대첨 부인은 전등갓을 데이킨 참사회원 쪽으로 뻗었다. 어떤 물건을 보고 감탄할 때면 늘 그렇듯 고민하는 듯한 표정이 섞여 있었다. "돌리에게 주는 결혼 선물이에요! 정말 훌륭하죠!" 째지는 목소리로 감탄하는 부인의 얼굴이 바이올린 활처럼 길쭉해졌다. "이쪽 경계선 주변에 그려놓은 패턴도 아주 화사해요! 포도 잎사귀 같은데…… 맞죠?" 부인은 무성한 잎이 그려진 경계 부분을 초조한 눈으로 뚫어져라 바라보았다. "아, 아니네요! 포도 잎사귀는 아닌 것 같아요! 하트 모양인 걸 보니…… 페리윙클 잎인가보네." 부인은 코안경을 쓰고 눈살을 찌푸려가며 패턴을 골똘히 응시했다. "맞네! 틀림없어요! 페리윙클 잎사귀 맞아요……. 정말 잘 그리셨어요!"

부인은 코에 걸치고 있던 코안경을 홱 벗었다.

다들 대첨 부인의 손에 들린 그림 그려진 전등갓을 멍하니 바라보았다.

그때 고양이 재채기 소리가 들리자 모두 그 소리가 난 방향으로 일제히 시선을 돌렸다.

조지프가 접시를 내려다보는 자세로 머리부터 발까지 격하게 떨어가며 컥컥대고 있었다. 영락없는 고양이 재채기 소리였다.

곧 사람들은 조지프가 터진 웃음을 참느라 그러고 있음을 알아챘다. 크고 작은 웃음이 일상인 에벌린을 제외하고 다들 놀란 표정이었다. 에벌린은 그가 정확히 무슨 이유로 웃고 있는지 모르면서도 바로 따라 웃기 시작했다.

조지프는 식탁에 둘러앉은 사람들이 전부 자기를 쳐다보는 줄도 모르고, 고개를 숙인 채 계속 웃었다. 파리들이 귓가를 성가시게 하는 것처럼 고개까지 격하게 흔들어댔다. 손바닥을 의자 양옆에 살짝 붙이고는 거칠게 흔들리는 택시를 탄 것처럼 머리부터 발끝까지 몸을 들썩였다. 고양이가 재채기하듯 빠르게 끅끅대며 웃을 뿐 아무 말도 하지 않았다.

그러다 벌게진 얼굴을 홱 치켜들더니 눈앞으로 흘러내린 머리카락을 아무렇지 않게 넘겼다. 그러고는 의자에서 휙 튀어 올랐다가 털썩 내려앉으며 아까보다 백배는 더 격한 웃음을 토해냈다.

"이 상황을 무척 재미있어하는 사람이 이 자리에 있군요."

대첨 부인은 이렇게 말하며 검은 뿔로 만든 샐러드 스푼과 포크를 집어 들었다. 그리고 네모나게 잘라서 마요네즈로 양념한 감자와 비트 요리를 자기 접시에 퍼 담았다.

고개를 들고 머리카락을 뒤로 넘긴 조지프는 위엄 있는 자세로 팔을 뻗어 은제 소금 통을 손에 쥐고 허공에서 접시를 향해 기울였다. 그가 손을 이리저리 흔들자 등대 모양 은제 소금 통의 작은 구멍에서 소금 알갱이들이 지름 60센티미터의 원을 그리며 커틀릿을 향해 소나기처럼 떨어져 내렸다.

"도도 포츠그리피스 양의 선물에 대해 어떻게 생각해요?"

에벌린이 조지프에게 물었다. 햇빛에 물든 창밖 정원의 초목이 가늘게 뜬 그녀의 눈에 비쳤다.

조지프는 두 번 더 조그맣게 끅끅 웃고는 (우물을 오르내리는 두레박처럼) 물 주전자를 들어 올렸다가 내리며 큰 잔에 가느다란 물줄기를 쏟아냈다.

"아! ……전등갓이요?" 그는 별안간 놀란 목소리로 물었다. 머리카락 몇 가닥이 이마로 흘러내리자 고개를 홱 흔들어 치웠다. "음, 솜씨 있게 꾸며낸 감정 표현, 만족감과 집단본능의 표출이라고…… 할 수 있겠죠. 결혼식을 위한 가장 적절한 선물일 겁니다." 그는 두툼한 빵 껍질을 입에 넣고 우적우적 씹었다. 그러고는 손을 쭉 뻗어 큼직한 트라이플● 그릇을 집어 들더니 푹 퍼서 먹었다.

"실망스럽군요!" 대첨 부인은 요란한 흐읍 소리와 함께 숨을 들이마시면서 전등갓을 향해 중년 여성의 느낌이 물씬 풍기는 투실투실한 팔을 뻗었다. "**이 자리엔** 그리피스 양의 재능과 노고를 제대로 알아주는 사람이 없나보네요." 부인이 입을 거의 다문 채로 숨을 들이쉬자 흐으으읍 소리가 났다. "로브, 다들 성당에 갈 준비가 다 됐는지 모르겠구나. 결혼식이 2시인데! 다들 십 분 전까지 성당으로 가주세요. 물론, **우리** 젊은 이들이 요람 안에서 꼼지락대기 훨씬 전부터 솜씨를 연마해온 여성들…… 그러니까 여러분의 할머니뻘인 여성들의 능숙하고 숙련된 노고에 관해 다 같이 얘기하는 시간을 가진다면 나야 좋죠. 그럼, 흐으으으읍. 트라이플을 담아줄 테니 네 접시를 이쪽으로 건네렴, 톰. 결혼식 날에 날씨가 이렇게 좋다니, 우리가 이런 행운을 누리게 된 게 **믿기질 않는구나**!"

등을 젖히고 꼿꼿이 앉은 대첨 부인은 왼쪽 손목에 찬 얇은 금팔찌를 이리저리 돌리면서 무표정한 오렌지색 눈으로 조지프를 빤히 쳐다보았다.

● 케이크와 과일 위에 포도주와 젤리를 붓고 그 위에 커스터드와 크림을 얹은 디저트.

조지프의 발작적인 웃음은 이제 완전히 사그라졌다. 무언가에 취한 듯 온 마음을 다해 쏟아낸 웃음이었다. 삼사 분 동안 그 자리에서 날개를 부풀리고 지저귀다가 다시 토욕에 몰두하는 참새처럼 그는 앞에 놓인 요리에 시선을 붙박은 채 포크질을 하기 시작했다.

그때 그 자리에 모인 젊은 축들이 두려워하던 일이 일어나고야 말았다. 대첨 부인의 미혼 언니인 벨라 이모가 도착한 것이다.

"여기서 다들 먹이를 먹고 있구나!"

벨라는 문지방을 넘으며 농담을 외치고는 한동안 신나게 웃었다. 꽃무늬 회색 레이스 드레스를 입고 허공에 떠 있는 듯 가벼운 스카프를 두른 덕분에 벨라의 계피색 피부와 검은 눈동자가 돋보였다. 귀에 매달려 달랑거리는 다이아몬드 귀고리가 불빛을 받아 반짝였다. 뱀 가죽 화장품 가방이며 신발에 장갑까지 모두 회색이었고, 하나같이 값비싼 새것이라 마치 상점 진열장을 보는 듯했다. 벨라는 서재에 모인 젊은 사람들을 쭉 둘러보면서 창가 자리에 가 앉았다. 서재에 의자가 충분치 않아서 가족 중 나이가 어린 사람들은 의자에서 일어나 서성이며 샌드위치와 프티 푸르•를 조금씩 입에 넣었다.

"아, 이번에 새로 산 차가 얼마나 예쁜지 뿌듯해 죽겠어! 넌 상상도 못 할 거야!"

벨라는 흐리멍덩한 눈을 한 톰에게 비밀 얘기 하듯 흐뭇하게 속삭였다. 그러고는 톰의 팔을 잡아끌며 웃어댔다.

"아, 그래요? 그렇단 거죠?"

톰은 뻣뻣하게 고개를 살짝 숙이며 대꾸했다.

"그리고…… 마음에 쏙 드는 운전기사도 들였어!"벨라는 목소리를 낮췄다."나를 대할 때면…… **꼭**……!"

"예, 뭔데요?"

"나를 무슨 설탕으로 만들어진…… 존재처럼 대해. 빗방울만 맞아도 녹아버릴 존재처럼! 아주 소중하게 신경 써주는 느낌이라고나 할까!"

"아, 예. 좋으시겠어요."

톰은 중얼거리며 점심이 차려진 식탁 쪽으로 슬금슬금 물러섰다.

"정말 감동적인 데다 (은밀하게 말하자면) 운전기사 덕분에 기분도 아주 좋아!"

벨라는 이 말을 하면서 붉은 머리 로브에게 시선을 돌렸다. 그녀는 짓궂게 웃으며 일어나 로브에게 다가갔다.

● 식후에 커피와 함께 제공되는 작은 과자.

"로브! 요즘 어떻게 지내니?"

벨라는 만 건너에 있는 자기 집에서 부리는 하인 얘기를 로브에게 늘어놓더니, 언제 자기네 집에 와 지내면서 하인들 얘기로 웃음꽃을 피워보자고 했다. 그러고는 나지막하게 속삭였다.

"너도 알잖니, 로브. 우리 집에 웃기는 삼인방 있잖아. 빨래 하녀랑 시중 하녀랑 요리사. 그 셋은 마을에 살다가 내 집으로 온 지 30년이 다 됐어! 아! 참 오래되고 소중한 인연들이지. 그리고 내 입으로 이런 말을 하긴 좀 그렇다만…… 너도 알 거야, 로브……. 그 셋이 **나를** 애지중지 떠받들잖아……. **왜** 그렇게까지 할까 모르겠는데…… 나를 영국 여왕처럼 모신다니까! 정말이야!"

유쾌한 로브는 별안간 목소리를 높이며 보란 듯이 와인 잔을 들어 올렸다.

"여사님, 전 그런 얘긴 눈곱만큼도 관심이 없어요! 전혀요! **전** 완전히 다른 질문을 하고 싶습니다. 간단히 말하자면 **이렇습니다**. 무지막지하게 돈을 쓰지 않고도 무모한 난봉꾼이 될 수 있을까요?"

그 말에 벨라는 기가 막힌 표정이었다.

로브는 늘 맥락 없는 소리를 해대곤 했는데, 오늘은 운까지 좋아서 와인 전에 최고급 셰리주를 네 잔이나 마신 상태였다.

그는 길쭉한 가운뎃손가락을 치켜들며 말을 이었다.

"왜냐하면 같은 조건이라면 저는 그렇게 되고 싶거든요."

회색 털 재킷을 입고 로브 바로 뒤에 서 있던 에벌린 그레이엄이 물었다.

"무슨 소리야? 같은 조건이라니?"

"아…… 하! 하! 하!"

로브는 의미를 알 수 없는 환호성을 내지르더니 요란하게 웃음을 터뜨리며 웃긴다는 듯 그녀를 향해 가운뎃손가락을 까딱거렸다.

벨라는 편치 않은 표정으로 말했다.

"젊고 순수한 나이에 그렇게 비겁하게 살 계획을 세우고 있다니 안타깝구나."

그리고 앞으로 지나가는 데이킨 참사회원의 팔을 잡았다.

간식 겸 점심이 차려진 식탁 앞에 앉아 있던 대첨 부인이 로브를 불렀다.

"일단 그 잔을 내려놓고…… 정원에 나가서 한 바퀴 돌고 오는 게 어떻겠니? 신선한 공기를 쐬면 좋잖아. 나가는 김에 밥 아저씨한테 온실 아래쪽에서 자라는 아름다운 함수초도 보여드려. (저 녀석 데리고 나가서 바람 좀 쐬게 해요, 밥. 이따 저런 상태로 성당에 오면 안 되잖아요.) 벌써 취했네. 실망스러워!"

그때 신랑 될 사람이 서재로 들어오자 다들 놀라는 분위기였다.

오언은 어깨가 떡 벌어지고 목이 굵어 황소 같은 인상을 풍기는 남자였다. 그의 단순하면서도 다정한 얼굴이 어딘지 모르게 초조하게 상기되어 있었다.

"아, 장모님, 너무 떨리네요! 이렇게 겁먹을 때가 아닌 걸 알면서도 이래요!" 오언은 너털웃음을 터뜨리면서도 무척 어색한 눈치였다. "실은, 돌리가 반지를 갖고 있었거든요! 보석가게에 가져가서 늘려야 한다면서요. 늘리고 나서 신랑 들러리한테 다시 주겠다고 약속했는데…… 음…… 아…… 깜박한 것 같아요."

오언은 화분에 담긴 채 그를 향해 길쭉하게 뻗은 노란 수선화를 원망하듯 내려다보았다.

반지를 가져오라는 말에 톰은 돌리의 방으로 올라갔다.

식사를 마친 일행은 가족실로 자리를 옮겼다. 축음기 음반 몇 장을 가져온 벨라가 축음기에 음반을 올렸다.

오언은 환한 얼굴로 하얀 이를 빛내며 처음 보는 여러 낯선 '인척들' 사이를 돌아다니며 온 방 안이 울리도록 외쳤다.

"기분이 정말 좋아요! 끝내줍니다! 최고예요! 예, 그럼요!

좋고말고요!"

누군가가 뱀처럼 "쉬잇"이라고 말했는데, 소음을 잠재우고 새 축음기 음반을 듣기 위해서였다.

예전에 이 집 딸들의 가정교사였던 스푼 양이었다.

오언은 흠칫하면서 소파에 앉아 음악에 귀를 기울였다.

음반에서 노래가 흘러나오고 얼마 되지 않아 오언은 거북한 표정으로 손장단을 맞추기 시작했다. 손가락으로 박자를 맞추고 입으로 "타, 타, 티타!" 소리를 내면서 소파에 같이 앉은 키티의 얼굴을 초조하게 곁눈질했다.

그러다 키티 쪽으로 몸을 기울이며 나지막하게 말했다.

"아, 이건 정말 최고의 곡이야! 오랫동안 사랑받을 만해!"

키티는 오언의 상기된 얼굴을 멀뚱하게 쳐다보았다. 창문으로 흘러드는 환한 봄 햇살이 오언의 왼쪽 얼굴을 비추고 있어서 마치 강철빛 라일락을 보는 듯했다. 그의 경직된 이목구비는 죄책감과 초조함을 감추려 안간힘을 쓰는 것 같았다.

얼마 안 있어 반지를 가지고 돌아온 톰이 키티와 오언이 앉아 있는 소파 뒤로 가 동생 옆에 자리를 잡았다. 그래서 키티와 오언은 등 뒤에서 형제가 나지막하게 티격태격하는 소리를 들어야 했다.

"로버트! 부탁 좀 하자……. 제발 좀! 잠깐이라도 생각이란 걸 해봐! 알겠니, 로버트? 네가 성당에서 무릎을 꿇고 앉으면 어떻게 될 것 같냐! 한창 결혼식이 진행 중이란 말이야. 신부님은 기도할 거고 성당 안은 꽃으로 가득하겠지. 참석자들은 **모두** 최대한 멋지게 차려입었을 거야. 그 와중에 네가 문득 고개를 드는 거야! 통로 너머에서 너를 빤히 쳐다보는 럭비 팀원이 있어! 그는 재미있어하는 미소를 짓고 있겠지. 그의 시선은 점점 아래로 내려가 **네 양말을 볼 거야**……."

소파 뒤에서 격하게 옥신각신하던 로버트가 돌연 거실로 향했다.

그 뒤를 쫓아가던 톰은 모퉁이를 돌다가 대첨 부인과 부딪치고 말았다.

"뭐라고요? 치드워스 마을에 한 번도 안 가봤다니 놀랍네요!" 대첨 부인은 흰 콧수염을 기른 낯선 사람에게 얘기하는 중이었다. "(톰, 잘 보고 뛰어야지, 흐으으으으으읍.) 아, 치드워스 마을에 꼭 한번 가보세요! 날씨가 좋으면 그곳에서 세 나라를 한번에 볼 수 있어요! 작지만 참 예쁜 마을이에요! 자그마한 정원들이 어찌나 화사하고 고운지……. 그 마을에서 워딩치트월드까지 8킬로미터 거리인데……." 부인은 손님을 데리고 홀 계단을 올라가며 조용히 말했다. "라일락 방을 준비해뒀어요. 그 방 전망이 참 좋아요……."

"라일락 방이요? 어머니, 라일락 방에 몇 명이나 더 묵게 하시려고요?" 키티가 계단 밑에서 소리쳤다. "밥 아저씨에! 스피곳 씨에! 벨라 이모에! 스푼 양도 거길 쓰기로 했잖아요! 그분들이 다 쓰시기엔 침대가 너무 좁아요!"

하지만 대첨 부인은 들은 척도 않고 손님을 모시고 계단을 올라가버렸다.

키티는 쿵쾅거리며 거실로 들어갔다. 일이 분쯤 전에 조지프 패튼이 거실로 쓱 들어간 걸 봤는데 역시나 그는 초록빛 황혼 속에서 혼자 앉아 있었다. 이번에는 아까와는 다른 의자였다. 양치식물로 가득한 온실 유리에 비친 그의 얼굴은 무척 어두워 보였다.

"어머니 때문에 이 집에서 사는 게 괴로워요." 키티는 안락의자에 털썩 앉으며 투덜거렸다. "어제는 어머니가 제정신이 아닌 것 같아서 진짜 무서웠어요! 나이가 드셔서 정신의 균형이 무너졌을 수도 있겠죠? 어머니는 종을 울려 밀먼을 부르곤 하는데 저번엔 이렇게 말하셨어요. '밀먼! 내일 샌드위치에 넣을 간 파테를 두 냄비 더 만들라고 요리사한테 전해.' 밀먼이 방을 나가자마자 저한테 이러시는 거에요. '키티! 얼른 달려가서 밀먼한테 간 파테를 더 만들 필요 없다고 전해. 건터네 가게에 전화해서 샌드위치를 더 받아 올 거야.' 그러더니 저녁에 주방으로 내려가 불쌍한 요리사를 나무라시는 거예요. '간 파테를 두 접시 더 만들어놓으라고 했는데 어디 있지?' '간 파테를 더 만들라는 지시는 못 받았는데요, 사모님.' 뭐 이런 대화가 오갔죠."

"돌리가 **아직** 단장이 안 끝났을까?"

"모르겠어요. 어쨌든 요리사가 '간 파테를 더 만들라는 지시는 못 받았는데요, 사모님'이라고 말하니까 어머니는 '밀먼이 자네한테 지시를 전달하는 걸 잊었다고? 이런! 밀먼이 이상하다 이거네'라고 하셨어요. 그러고는 가여운 요리사에게 날카롭게 화를 내셨어요."

키티는 와락 붙잡힌 암탉처럼 괴상하게 키득거리며 웃다가 조지프를 올려다보았다.

조지프는 옆으로 고개를 돌린 채 커다란 손수건으로 뺨에 묻은 무언가를 닦아내고 있었다.

"어디 안 좋아요, 조지프? 아, 진짜, 미치겠다. 이 끔찍한 가족 모임의 참석자 중에 유일하게 밝아서 의지했는데……."

조지프는 키티의 말을 귓등으로도 안 듣는 듯 의자에서 일어나 곧장 방을 나가버렸다.

키티는 생각했다.

'아, 진짜 우울하다! 로브는 똥멍청이고, 에벌린은 날 촌뜨

기라고 생각해. 분명 그럴 거야. 확실해. 나랑 말하기도 싫어하니까. 톰은 심해에서 먹이를 쫓아다니는 문어처럼 계속 로버트를 따라다니면서 잔소리하고 있어. 그 둘을 보면 진짜 소름이 끼쳐…… 그래도 피로연 때 해군 중위들이 좀 올지도 몰라.'

키티는 피로연 음식이 차려진 탁자 앞에서 반원형으로 자신을 둘러싼 남자다운 구릿빛 얼굴들, 자신을 뚫어져라 바라보는 맑고 바다처럼 푸른 눈들을 상상해보았다. 유리로 된 얼음 접시를 들어 올릴 때 그 맑은 눈들이 자신의 통통 부은 손을 내려다보지 않게 하려면, 섬세한 장밋빛 피라미드 얼음과 대비되는 크고 거친 보라색 손을 보고 역겨워하지 않게 하려면 어떻게 해야 할까 궁리했다…… 아, 젠장, 이 창피한 손을 어쩌지! 운이 없어도 이렇게 없을 수가! 미치겠다. 재수도 더럽게 없네!

3

신부 될 사람은 결혼식을 위해 바쁘게 단장하고 있었다.

흰색 페인트칠을 한 에드워드 7세풍의 이 침실은 돌리의 방이었다. 작은 포탑처럼 채소밭을 향해 돌출된 모양새였다. 이 집 꼭대기에 자리하고 있어서 가파르고 좁은 계단으로 드나들게 되어 있었다. 그러니 이 방에 들어온 사람은 열기구를 타고 둥실 떠 있거나 등대에 올라간 기분을 느끼게 마련이었다. 사방으로 난 커다란 창문들을 통해 눈부신 하얀 햇살이 쏟아져 들어왔고, 방문 맞은편의 내닫이창 너머로는 말턴 마을의 반짝이는 연청색 만이 내다보였다.

오늘 아침은 큼직한 창문마다 햇빛을 듬뿍 받아 황금빛으로 물든 시골 마을 풍경이 펼쳐졌다. 가까이에 있는 야트막한 언덕 비탈의 철로 너머에 개암나무 숲이 빽빽이 우거져 있었다. 앙상한 가지들 사이로 비치는 햇빛 때문에 숲의 나무들은 언덕 비탈 표면을 따라 둥실 떠 있는 투명한 무언가처럼 보였다. 햇빛에 얼룩덜룩하게 물든 갈색 수증기 같기도 했다.

오늘 아침, 이 시골 지역의 헐벗은 개암나무들은 섬세한 갈색 스카프를 닮았다. 언덕 비탈을 따라 청동색으로 엷게 주름진 모양새라 햇빛과 그림자가 드리워진 각도에 따라 여기저기 오팔색으로 물들기도 했다.

돌리는 나무 세면대 앞에서 허리를 숙이고 세수하고 있었다. 검은 눈썹에 하얀 거품이 묻었고, 밝은 분홍빛 코에선 비눗물이 뚝뚝 떨어졌다. 세면용 스펀지 뒤에서 차츰 드러난 얼굴은 자책감으로 넋이 나간 듯했다.

바람이 잘 들어오는 방 안에는 짙은 색 치마와 흰 블라우스 차림의 하녀 여러 명이 허리를 숙이고 긴 양말과 양말 데님을 찾거나, 석탄불 앞에 서서 새틴 구두와 속치마를 데우는 등 저마다의 일을 하고 있었다.

내닫이창 탁자 위의 유리 꽃병에 줄기가 긴 수선화 한 다발이 담겨 있었다. 가늘고 긴 줄기 끄트머리에 붙은 꽃은 6펜스

주화만 한 크기였고 꽃 한가운데에는 주름 모양의 오렌지색 수술이 있었다. 수선화 사이에 키 작은 빨간 튤립 한두 송이가 섞여 있는 게 보였다.

살짝 열린 창문 틈새로 차가운 외풍이 불어 들자 꽃들이 살랑거렸고, 창틀에 붙은 느슨한 창문 걸쇠가 끼이익, 끽, 탕탕 소리를 냈다. 소음 자체는 듣기 싫었지만, 한 번씩 창문 틈으로 바람이 불어 들어올 때마다 수선화의 신선하고 달콤한 봄 냄새가 기분 좋게 방 안에 퍼져나갔다.

세수를 마친 돌리는 적갈색과 빨간색 줄무늬가 들어간 끈으로 검은 머리카락을 깔끔하게 묶었다. 흐물거리는 오렌지색 '캡틴' 비스킷처럼 생긴 무언가를 화장대의 분홍색 통에 넣었다 꺼낸 뒤 원망 가득한 얼굴에 대고 톡톡 두드렸다. 담황색 파우더가 얼굴 피부를 고르게 뒤덮었다.

서커스 공연을 하면서 무대에 놓인 변기에 간신히 앉는 코끼리처럼 느릿느릿 어설프게 무거운 팔로 화장했다.

돌리는 어머니의 나이 지긋한 시녀 제숍, 제숍의 친구이자 재봉 하녀로 일하는 젊은 여성 로즈와 잠깐 수다를 떨었는데, 소프트 페달을 계속 누른 채로 피아노를 치는 것처럼 목소리에 힘이 자꾸 빠졌다.

검은 옷을 입은 제숍의 누르께한 얼굴은 식료품점의 살구처럼 자글자글하게 주름졌고, 길쭉한 코는 개미핥기의 주둥이 같았다. 제숍은 늘 그렇듯 어둠 깔린 병자의 방 안에서 움직이는 것처럼 발끝으로 조용히 방 안을 돌아다녔다. 누리끼리한 제숍의 얼굴에는 여느 때와 마찬가지로 고통이 스며들어 있었다. 이 집 안에 수치스러운 일이 일어나고 있음을 알지만, 자신이 관여할 바는 아니기에 입을 다물고 있는 듯한 표정이었다. 그녀는 왕족처럼 겸손하면서도 위엄 있는 자세였고, 시선은 줄곧 카펫을 향해 있었다.

돌리가 중얼거렸다.

"아까 저녁 먹으러 가면서 흰색 새틴으로 된 결혼식용 구두를 신었거든, 제숍. 때가 타서 발가락 부분이 회색으로 변했어. 열받아."

"쯧! 쯧! 왜 그러셨어요, 아가씨." 제숍은 살짝 짜증이 난 표정으로 목소리를 낮춰 소곤거렸다. "걱정하실 건 없어요! 저한테 주세요. 저희가 방법을 찾아볼게요. 아시다시피 저희는 수년 동안 이런 소소한 문제들을 해결해왔잖아요. 한두 군데 주름이 생겨도……."

돌리는 하얀 새틴 구두를 집어 제숍에게 건넸다.

제숍은 시선을 카펫에 붙박은 채 절제된 목소리로 말했다.

"예, 아가씨."

집게발 같은 주름진 손으로 하얀 구두를 받아 든 제숍은 내 닫이창 쪽으로 위엄 있게 걸어갔다.

예쁘장하고 창백한 얼굴, 검은 눈썹에 숱이 많은 로즈는 늘 유쾌한 편이었다. 들고 있던 물건을 재봉실 바닥에 떨어뜨리면 "아이쿠! 내 틀니가 떨어졌네!" 하고 농담하면서 크게 웃음을 터뜨리곤 했다. 그런데 오늘 돌리의 웨딩드레스 고리를 채워주는 로즈의 모습은 꽤 엄숙했다.

"테리사 공주 말이에요." 로즈는 노래하는 작은 새처럼 높고 낭랑한 목소리로 말했다(테리사 공주는 얼마 전 영국인과 결혼하면서 온갖 신문에 사진이 실린 외국의 왕족이었다). "테리사 공주의 결혼식이 엄청 아름답지 않았어요?"

로즈는 마지막 고리를 집중해서 채우며 말을 이었다.

"신부님이 공주에게 '이 남자를 합법적으로 맺어진 남편으로 맞이하겠습니까?'라고 물으니까 공주는 뒤쪽에 있던 사람들까지 다 들리도록 분명한 목소리로 '예!'라고 대답했대요."

돌리는 로즈를 힐끗 쳐다보았다. 로즈는 감정이 가득한 눈빛이었고, 지금까지 본 중 제일 진지한 모습이었다.

로즈는 진주로 만든 작은 보관에 기다란 면사포를 고정하기 시작했다. 돌리의 머리에 얹힌 그 보관은 불가사리처럼 뾰족뾰족하게 솟아 있었다. 돌리가 부유한 포르투갈인 할머니에게 물려받은 면사포는 이 작은 방이 감당할 수 없을 만큼 끝없이 길고 부피가 컸다. 새와 꽃무늬가 들어간 레이스가 거대한 물결처럼 겹겹이 접힌 채 침대와 흔들의자, 탁자를 비롯한 사방에 퍼져 있었다.

돌리는 끝을 알 수 없는 기다란 면사포와 바쁘게 일하는 하녀들을 돌아보면서 놀랍고 혼란스러운 일이 벌어지고 있다는 느낌을 받았다.

현상에 대한 자각일 수도 있었다. 그런데 본인이 직접 살아내는 게 아니라 순회도서관에서 빌린 책을 읽는 듯한 기분이었다.

"꽃이 참 향기롭고 예쁘지 않아요?"

로즈는 백합과 하얀 카네이션으로 만든 신부 부케를 고갯짓으로 가리켰다. 부케는 방 한쪽 구석에 있는 파란 물병에 담겨 있었다.

"돌리!"

계단 아래에서 그녀를 부르는 목소리가 들렸다.

방문이 열려 있었다. 돌리는 조금 전 들은 게 조지프의 목소리임을 알고 혼잣말했다.

"뭐지! 또야?"

그리고 나지막하게 내뱉었다.

"왔네!"

계단 쪽에서는 응답이 없었다.

"왔구나!"

목소리를 내긴 했지만 기분 탓인지 죽어가는 새끼 고양이 정도의 소리밖에 나오지 않았다.

이번에도 응답은 없었다.

그러다 마침내 계단 아래에서 조지프의 목소리가 다시 들렸다.

"곧 내려올 거야?"

"모르겠어. 아직 옷을 다 안 입어서."

조지프는 가만히 있다가 한참 만에야 말했다.

"내려와."

"아, 진짜! 내가 **대체** 왜 그래야 하는데?" 돌리는 힘주어 혼잣말하고 나서 시들하게 목소리를 냈다. "글쎄…… 아직 단장이 안 끝났어."

계단 쪽이 한참 조용해서 돌리는 조지프가 가버렸다고 생각했다.

그런데 다시 한번 그의 목소리가 들렸다.

"곧 끝날 것 같아?"

돌리는 뜸을 들이다가 무심히 노래하는 듯한 목소리로 답했다.

"아, 모르겠어…… 사실…… 전혀 알 수가 없어."

"거실에 가 있을게."

조지프가 목쉰 소리로 말했지만 무언가 그의 목소리를 뒤덮은 듯 돌리는 그의 말을 제대로 듣지 못했다. 복도를 걸어가는 그의 발소리가 들렸다.

단장을 마치고 결혼식에 갈 준비가 된 돌리는 하녀들에게 그만 나가보라고 말했다. 방에 혼자 남아 긴 치맛자락을 끌며 퇴창 앞으로 가 햇빛을 받으면서 긴 의자에 앉았다.

크로케 잔디밭에 키 작은 사람이 홀로 서 있었다. 진홍색 망토를 바람에 펄럭이는 그 사람은 어머니 대첨 부인이었다. 어머니는 발아래 잔디의 검은 점을 골똘히 내려다보고 있었다.

하얀 파나마모자를 쓰고 누런 콧수염에 왁스를 바른 정원사 위츠터블이 저 아래 양배추들 사잇길로 걸어오는 모습이 보이자 돌리는 창문을 열고 그에게 소리쳤다.

"위츠터블! 거북이가 다시 돌아왔어? 크로케 잔디밭에 있는 거야?"

"예, 아가씨! 맞아요! 아, 근처 어딘가에 있을 겁니다! 겨울에 온실 난로 연통에 붙어 있는 걸 한두 번 본 적 있어요. 추우니 그랬겠죠."

"밀먼한테 하녀들을 시켜서 당장 거북이를 짐이랑 같이 챙겨두라고 해. 남아메리카로 데려갈 거야! 바람이 많이 부는 여기보다 남아메리카 생활을 더 좋아할 것 같아."

"예, 아가씨."

위츠터블은 주방 쪽으로 터덜터덜 걸어갔다.

돌리의 목소리가 강풍을 타고 위츠터블의 등으로 물결처럼 밀려갔다.

"호밀 비스킷 통…… 뚜껑에 큰 구멍이 뚫린 거…… 상추도 챙겨줘!"

"알겠습니다, 아가씨!"

위츠터블은 모퉁이를 돌아갔다.

열린 방문을 노크하는 소리에 돌리는 고개를 돌렸다. 에벌린이 레드 포트 와인 한 잔을 손에 들고 방으로 조심스럽게 들어오고 있었다. 에벌린의 뒤에서 키티도 따라 들어왔다.

둘은 방으로 들어와 문을 닫았다. 에벌린은 흔들의자에 가 앉았다.

돌리가 와인을 벌컥벌컥 마신 후 말했다.

"굳이 따로 술을 갖다줄 필요는 없었는데."

돌리는 통통하고 하얀 손을 창문 커튼 뒤로 넣더니 '자메이카 럼'이라는 상표가 붙은 길쭉한 술병을 꺼내 에벌린에게 보여주었다.

에벌린이 말했다.

"그래, 이미 술이 있으니 와인은 **굳이** 필요 없었겠네."

에벌린은 럼주 병이 반쯤 비워진 걸 알아챘다.

키티는 햇빛 아래 웨딩드레스 차림으로 앉아 있는 돌리에게 아름답다는 찬사를 쏟아내려다가 럼주 병을 보더니 그대로 굳었고, 진홍색 립스틱을 바른 큰 입을 벌린 채 아무 말도 못 했다. 그러다 겨우 다시 입을 열었다.

"아! 진짜, 너무하네. 이런 건 정말 상상도 못 해봤어! 위층 침실에 앉아 럼주를 마시고 있는 신부라니! 그것도 병째로! 결혼식을 하러 성당으로 가기 직전인데!"

"그러게!" 돌리는 놀라운 일이라는 듯 검은 눈썹을 치켜뜨며 중얼거렸다. "앞으로도 넌 배울 게 꽤 많을 거야."

그러고는 한숨을 쉬었다.

키티는 노란 새틴 하이힐로 놋쇠 난로망을 밟고 섰다.

"이런 말 해서 미안한데, 돌리 언니, 언니가 이 집을 떠나게 된 게 잘된 일 같기도 해. 하인들도 덜 힘들 테고."

돌리는 힘없이 웃었다.

"남아메리카로 떠나기 전날에 동생한테 그런 얘길 듣다니 기분이 끝내주는구나."

"내가 언니랑 언니의 삶을 얼마나 동경하는데!" 키티는 난로망에서 툭 떨어져 내려왔다가 다시 올라서며 말을 이었다. "언니는 엄청 똑똑하잖아! 흥미롭고! 재치도 있고. 그런데 언니의 어떤 관점은 뭐랄까 상당히 **불쾌하게** 느껴져…… 이건 다른 말로는 표현 못 하겠어. 내 말 무슨 뜻인지 알 거야…… 오늘이 비록 언니 결혼식 날이지만 이 얘긴 해야겠어! 아래층에서는 조지프가 말 같지도 않은 헛소리를 하면서……."

"뭐라고 했는데?"

돌리가 속을 알 수 없는 표정으로 나지막하게 물었다.

"아, 내용은 별로 중요하지 않아. 어차피 들어봤자 재미도 없을 거야."

그러자 에벌린이 재촉했다.

"그래도 얘기해!"

"아, 알았어…… 음…… 내가 조지프한테 영국인은 사랑에 빠져도 시적 감성이 부족하다고 말했거든…… 그렇게 논쟁이 시작됐어. 난 말턴에 사는 로빈슨이라는 형편없는 청년에 관해 털어놨어. 로빈슨이 새벽에 무도회가 끝나고 나를 차에 태워 집으로 데려다준 적이 있는데 그날 하필 차가 고장이 나버린 거야. 우린 새벽 5시에 언덕을 터벅터벅 걸어 올라가야 했어. 로빈슨은 떠오르는 해나 나를 보는 게 아니라 천둥처럼 잔뜩 어두운 얼굴로 바닥만 보면서 구시렁거렸어. '오늘 밤 이후로 나는 말턴 마을 쓰레기라고 불리겠지! 그래, 말턴 마을 쓰레기 맞아!' 그래서 내가 로빈슨에게 말했어. '그래! 말턴 마을 같은 데서 네가 **뭐라고** 불리든 그게 **뭐가** 중요해?' 난 조지프한테 스페인 해군 장교를 사귀는 바버라 매켄지가 부럽다고 말했어. 그 해군 장교가 달빛 아래서 바버라한테 우쿨렐레를 연주해줬는데, 그런 식으로 자기 사랑을 표현하는 걸 창피해하지 않았대. 어머니가 허락해주시면 올가을에 난 어설라 맥태비시 가족과 함께 스페인에 갈 거야."

키티는 양쪽 구두 굽을 살펴보더니 말을 이었다.

"나는 조지프한테 우쿨렐레 연주를 아름답게 잘할 것 같다고, 여자에게 사랑 고백하는 걸 부끄러워하지 않을 것 같다고 말했어. 그래! 내 생각엔 **정말** 그랬거든. 그런데 조지프가 듣기 싫다는 듯이 확 짜증을 내면서 이렇게 말하는 거야. '네가 늘어놓는 유럽인 특유의 고상한 척하는 대화 주제가 난 참 싫어. 외국인이라든지 사랑, 시, 우쿨렐레 같은 얘기 말이야. 여자들이 그런 얘기를 하면서 보이는 태도를 싫어하는 남자들도 있다는 걸 너도 알아야 할 거야. 우린 그런 얘기에 익숙하지도 않고 듣고 싶어 하지도 않아. 영국인답지도 않거든. 나는 늘씬하면서도 음탕하고 뼛속까지 영국인다운 신사가 되고 싶어. 지금도 그런 사람이 되고 싶은 희망이 있어. 위대한 일을 이뤄내고 싶은 바람도 갖고 있지.' 뭐 이런 얘길 하더라고."

키티는 발을 구르며 상기된 얼굴로 말을 이었다.

"난 그런 식으로 말하는 사람들을 **혐오해**! 영국 신사는 음탕하지 **않아**! 시적 감성이 부족하고 태도가 좀 뻣뻣하긴 해도 음탕한 거랑은 거리가 **멀다고**!"

흔들의자에 앉은 에벌린이 물었다.

"네가 그걸 어떻게 알아?"

"어떻게 아냐고?" 키티는 난로망에서 탕 소리가 나게 바닥으로 내려섰다가 다시 올라서며 물었다. "밥 아저씨가 음탕해? (키티는 참사회원인 친척 아저씨를 콕 집어 말했다.) 우리 **아빠**가 음탕하냐고?"

돌리는 창턱에 올려놓은 통통한 팔꿈치에 나른한 손을 얹고 그 위에 이마를 얹으며 울적한 얼굴로 중얼거렸다.

"물론이지. 당연한 소릴 해."

"취했구나!"

돌리는 부정하지 않았다.

"다 완전 구역질 나!"

얼굴이 벌겋게 달아오른 키티는 소리치며 방에서 뛰쳐나

갔다.

"솔직히 말할게, 에벌린. 우리가 지난 12개월 동안 키티의 저 잔소리를 하루도 안 빼고 들었거든." 돌리는 양치질용 컵에 럼주를 조금 더 따랐다. "'더럽다', '깨끗하다', '영국 신사', '스페인 기타' 이딴 소리가 온 집 안에 흘러넘쳐. 최악은 저 소리를 한참 듣고 나면 속이 울렁거린다는 거야. 예전에 네모나게 잘라 데친 양배추를 한 달 내내 점심, 저녁으로 먹었을 때처럼. 기억나지? 망할 조지프가 키티가 저런 주제로 떠들게 자극했을 수도 있어." 돌리는 한숨을 쉬었다. "조지프는 막대기로 말벌 집을 건드리고 달아나 숨는 걸 좋아하는 성격이야. 열받은 말벌은 곧장 위층으로 날아 올라와 아무 죄도 없는 사람들을 쏘아대지……." 돌리는 럼주를 쭉 들이켰다. "팰맬가의 보관소에서 답답하고 혼란스러운 일이 좀 있었어."

돌리는 나른하게 뻗은 손에 이마를 댄 채 바닥을 내려다보며 소곤거렸다.

"팰맬가의 보관소라니! 뭐야! 무슨 일이 있었는데?"

"그게, 미니 아주머니가 얼마 전에 돌아가셨잖아."

"그런데?"

돌리의 목소리가 너무 작아서 잘 들리지 않았다. 아까부터 서서히 목소리가 줄어들고 있기는 했다. 지금 에벌린은 천둥 때문에 연결 상태가 몹시 나쁜 날 포스만에 사는 누군가와 힘겹게 전화 통화를 하는 기분이었다.

돌리가 소곤소곤 말했다.

"몇 달 전에 미니 아주머니가 돌아가셨다고."

"뭐? 그래서 어떻게 됐는데?"

"미니 아주머니가 수집한 (정체 모를) 골동품 장식장 몇 점을 키티와 내 앞으로 남기셨어."

"그래?"

"어머니가 보관소 규정에 맞춰서 장식장에 들어 있던 여러 물품의 목록을 만들어서 보관소에 보냈거든. 너도 알다시피 난 남아메리카에 가서 쓸 물건들을 사느라 바빴잖아."

잠시 정적이 흘렀다. 벽난로에서 불이 타닥타닥 타오르는 소리, 느슨한 창문 걸쇠에서 간간이 흘러나오는 삐걱삐걱 소리 외에는 아무 소리도 들리지 않았다.

돌리가 무거운 한숨을 내쉬었다.

"그 목록이 장식장의 물품과 일치하지 않았나봐. 상스러운 보관소 측 직원이…… 이름이 험블인지 검블인지 그랬는데…… 지난 금요일에 골동품이 담긴 상자들을 몽땅 돌려보냈어. 덕분에 나는 오래된 스페인 주화랑 열쇠 같은 잡동사니 골동품들을 무릎 높이까지 지하실 바닥에 쌓아두고 촛불에 둘러싸여 앉아 있어야 했지."

에벌린의 입에서 안타까운 신음이 흘러나왔다. 돌리는 들릴 듯 말 듯 한 목소리로 말을 이었다.

"어머니가 군데군데 좀이 슬고 끈이랑 누더기 같은 게 달려 있고 자수가 놓인 지저분한 인도제 가방을 집어 들더니 이러시는 거야. '그래도 쓸모가 있겠어. 곱슬머리 가발로 뒤덮어 놓은 것 같은 모양새도 마음에 드는구나. **이건** 어디에 쓰던 물건일까? 터번 핀을 안쪽에 넣어두는 용도였나……. 꽤 좋은 생각이었네. 이 클립이 여기 이 고리를 통과하게 되어 있는 것 같아. 딱 맞아떨어져!' 그런 얘기를 주저리주저리 하시는데 누가 등을 칼로 찌르는 것처럼 등이 아파 죽겠더라고."

"아유, 힘들었겠다! 나한테 전보 쳐서 좀 와달라고 하지. 안 그래도 짐 싸느라 정신없었을 텐데 그런 일까지 겪었으니 얼마나 지쳤을까……." 에벌린은 푹 숙인 돌리의 얼굴에서 표정을 읽고는 당황했다. "그래, 정말 괴로웠겠다."

돌리는 고개를 숙인 채 말이 없었다. 에벌린은 돌리의 눈물이 하얀 새틴 드레스를 입은 무릎으로 뚝뚝 떨어지는 모습을 바라보며 어쩔 줄 몰라 했다.

"지쳤구나, 돌리. 무리도 아니지. 그 럼주를 다 마시지 말았어야 해! 이미 마셨으니 되돌릴 수도 없고. 어쨌든 힘내. 곧

남미로 가서 파란 하늘 아래 수영도 하고, 바람 따라 부채질 해주는 야자나무 그늘 밑에서 휴식도 취하게 될 거야."

돌리는 코를 팽 풀고 나지막하게 말했다.

"나중에 우리가 사는 곳에 와서 한동안 지내겠다고 약속해 줄래? 만약 그렇게 되면 오언이 네 여행 경비를 다 대주겠다고 했어. (그 사람은 그럴 여유가 있거든.) 너 없이 거기서 오래 지낼 자신이 없어." 돌리는 딸꾹질을 했다. "딸꾹. 맙소사, 이제 딸꾹질까지 하네. 딸꾹. 아무튼 오언도 나랑 같은 생각일 거야. 딸꾹! 내가 미쳐. 정말."

에벌린은 꼭 놀러 가겠다고 약속하고 돌리에게 물 한 잔을 가져다주었다.

어느새 1시 45분이 된 걸 확인한 대첨 부인이 결혼식 시작 십 분 전까지는 다들 성당 안에 들어가 있어야 한다며 재촉하는 목소리가 들리자 에벌린은 자리에서 일어나 돌리의 방을 나갔다.

"준비됐니, 우리 딸?"

대첨 부인이 방문 밖에서 큰 목소리로 물었다. 좁은 계단에서 에벌린과 엇갈려 올라온 참이었다.

방으로 들어온 대첨 부인은 돌리의 면사포를 매만져주고 머리를 한두 번 쓰다듬은 뒤 뺨에 입을 맞췄다.

"이렇게 아름다운 모습을 보니 뿌듯하구나."

어머니한테서 부드럽고 다정하며 유쾌한 말을 듣자마자 돌리는 홱 돌아앉았다. 어머니에게 등을 돌리고 몸을 숙인 채 삐걱거리는 느슨한 창문 걸쇠를 손으로 요란하게 더듬으며 중얼거렸다.

"내려가 계세요, 어머니. 한두 가지 마쳐야 할 일이 있어요. 그러니까 먼저 내려가세요."

어머니가 머뭇거리자 돌리는 창문 걸쇠를 붙잡고 요란하게 달각달각하다가 (창문에 기댄 채) 별안간 소리쳤다.

"아, 이건 또 지랄이야! 어머니, **내려가 계세요!**"

그제야 대첨 부인은 얼른 방을 나가 계단을 내려갔다.

돌리는 창문 걸쇠를 붙잡고 가만히 서 있었다. 창밖 시골 풍경을 비추는 햇살이 눈에 고인 눈물 때문에 금빛으로 일렁였다.

그날 아침 뮌헨에 사는 독일 숙녀한테서 받은 편지가 생각났다. 편지 중간쯤에 그 친구는 이렇게 썼다. "죽는 날까지 이렇게 살아야 한다는 생각을 하면 너무 괴로워. 아무리 애써도 체념이 **안 돼**. 난 불, 활력, 아름다움, 온갖 움직임을 사랑하는 사람이야…… 안락의자에 가만히 앉아 살면서 온몸이 아프고 이도 하나씩 빠지는 그런 삶은 정말이지 **혐오스러워**…….

돌리, 제발 부탁인데 젊고 사랑스러울 때 최대한 즐기면서 살아…….”

돌리는 생각했다.

‘마지막 문장을 보면 완전히 잘못 생각하고 있어. 답장을 써서 알려줘야지. 젊음도 사랑스러움도 행복을 보장해주지 않아. 행복해지려면 완전히 다른 게 필요해.’

돌리는 창턱 아래 긴 의자에 앉아 지난여름을 다시 떠올렸다. 그 기간에 돌리는 조지프와 줄곧 함께였다……. 둘이 정자도 만들고, 그의 보트를 타고 강을 따라 오르내렸다…….

“그동안 한 번도! 단 한 번도 소식을 전하지 않았어!”

돌리는 별안간 소리치며 벌떡 일어섰다. 그러다 길게 숨을 들이마시며 미소 같지 않은 애매한 미소를 지었다.

“다 잘될 거야. 그는 나를 진심으로 좋아하지 않았으니 앞으로도 그리워하지 않겠지!”

창문으로 불어 들어온 찬 바람에 돌리의 얼굴이 싸늘하게 부어오르더니 군데군데 잿빛이 되었다. 마호가니 서랍장 앞으로 걸어가 맨 위 깊숙한 서랍을 열고 손수건을 꺼냈다. 그대로 몇 분이 흘러갔다.

“그 남자는 여전히 이상해!”

돌리는 망설임 가득한 목소리로 중얼거렸다. 예전에 말턴의 호텔에서 열린 대규모 만찬에서 있었던 일이 떠올랐다. 당시 돌리는 조지프와 당밀로 만든 바삭바삭한 비스킷에 관한 토론을 벌였다. 뻣뻣한 갈색 레이스처럼 생긴 그 비스킷의 이름은 '점블리'였다. 옆에 앉은 조지프는 별안간 그녀의 커다란 여름 모자 아래를 들여다보며 말했다. "뭐야, 점블리를 한 번도 안 먹어봤다니! 꼭 먹어봐! 아마 좋아할 거야!" 그 순간 열정으로 가득한 조지프의 얼굴, 특히 그의 눈은 '넌 점블리를 좋아할 거야'가 아니라 '난 널 좋아해'라고 말하고 있었다.

(톨스토이의 《행복》에서 남주인공이 여주인공을 돌아보며 별안간 개구리 얘기를 한다. 그 부분을 읽으면서 돌리는 남주인공이 여주인공에게 사랑을 고백하고 있음을 알아챘다. 돌리가 《행복》을 읽은 시기는 조지프의 얘기를 듣고 얼마 지나지 않았을 때였다.)

"톨스토이 소설의 남주인공은 식전 반주로 마신 술 말고도 와인을 두 잔쯤 더 마셨을 거야. 그래, 가정을 해보자. 만약 조지프가 결혼식 오 분 전까지 나를 찾아와서 그동안 쭉 나를 사랑하고 있었다고 고백하고, 모두가 성당에 앉아 나를 기다리는 동안 나더러 같이 뒷문으로 나가 들판을 가로질러 도망치자고 하면, 난 어떻게 해야 하지?"

"돌리!"

복도에서 데이킨 참사회원이 그녀를 불렀다. 참사회원은

돌리를 차에 태워 성당으로 데려가려고 기다리고 있었다.

"오 분밖에 안 남았어! 별문제 없지?"

그 시간쯤 돌리와 참사회원을 빼고 모두가 이 집을 떠나 있었다.

아니, 남아 있는 사람이 한 명 더 있었다. 조지프였다.

4

조지프는 자신의 방 대나무 탁자 옆에 서서 벽지를 바라보고 있었다. 분홍색 끈으로 묶은 진한 색깔의 제비꽃 다발들이 잔뜩 그려진 하얀 벽지였다. 그의 창백한 뺨은 눈물에 젖어 있었다. 머리부터 발까지 쇠 용수철처럼 계속 떨었다.

지난 삼십 분 동안 갑자기 혼란스러운 감정에 사로잡힌 그는 그 감정에서 쉬이 벗어날 수도, 자신이 왜 이러는지 이해할 수도 없었다. 그러다 문득 떠오른 어떤 생각이 그의 겁먹은 머릿속을 작은 망치처럼 줄기차게 두드려댔다.

'결혼을 막아! 결혼을 막아! 결혼을 막아! 결혼을 막아!'

이 생각이 떠나질 않았다.

정확히 무엇을 위해 그러자는 것인지 알 수 없지만…… 나중에 천천히 생각해보면 될 것이다. 일단 지금은! 오 분밖에 시간이 없다! 그 후에는 너무 늦고 만다!

그는 급하게 방 밖으로 뛰쳐나가며 "돌리! 돌리!" 하고 외쳤다. 한 번에 세 칸씩 계단을 달려 내려갔다.

돌리는 면사포를 팔에 둘둘 감고 천천히 뒷계단을 내려오고 있었다(그녀의 방에서는 중앙 계단보다 뒷계단이 더 가까웠다). 면사포의 주름 사이로 술병의 목 윗부분과 코르크 마개가 빼꼼 보였다. 다른 쪽 손에는 카네이션과 백합을 엮어 만든 커다란 부케를 들었다.

계단 아래 그림자 진 곳에서 정원사 위츠터블이 손에 파나마모자를 쥐고 돌리를 기다리고 있었다.

"죄송합니다, 아가씨. 결혼식 전에 잠깐 주방으로 가서 제 어머니를 만나주실 수 있을까요? 삼십 초 정도면 충분할 겁니다. 잠깐 들러만 주시면……."

돌리는 초조하게 시계를 올려다보고는 치맛자락을 끌며 서둘러 주방으로 들어갔다.

위츠터블의 모친인 위츠터블 부인은 주방 안쪽의 요리사 전용 작은 거실에 놓인 고리버들 안락의자에 앉아 있었다. 이

노파는 인간이라기보다는 늙은 느릅나무의 뒤틀리고 꼬인 거무스름한 그루터기에 가까워 보였다. 눈도 거의 보이지 않고 귀도 거의 들리지 않았으며 정신도 그다지 맑지 않은데도 웨딩드레스를 입은 (어린아이였을 때부터 알아온) 돌리를 꼭 보고 싶었던 모양이다. 그래서 위츠터블은 대장장이한테서 빌린 바퀴 달린 의자에 모친을 태워 여기로 모셔 왔다.

"일어나지 마세요, 위츠터블 부인! 그냥 앉아 계세요!"

문 앞에서 돌리가 말리는데도 노파는 이미 비틀비틀 일어서고 있었다.

위츠터블이 말했다.

"어머니가 예전 같지 않으시거든요. 아가씨를 꼬마였을 때로 생각하세요. 아가씨가 젊은 숙녀로 자라났다는 걸 이해 못 하시더라고요."

돌리와 위츠터블 부인의 대화는 익숙한 축음기 음반처럼…… 음 하나 달라지지 않고 늘 해오던 대로 매끄럽게 이루어졌다.

돌리는 이미 결혼식에 늦은 터라 축음기 바늘을 언제 음반에서 떼어내면 될지 가늠했다.

노파의 입에서 흘러나오는 중얼거림은 시든 호랑가시나무 덤불 사이를 지나는 저녁 바람만큼이나 나지막했다.

"아, 지금도 기억나네요. 아가씨가 차 사고를 당한 강아지 패치를 품에 안고 저한테 달려오셨죠. 패치는 다친 곳이 없었어요! 한 군데도요! 꼬리 *끄트머리*가 좀 긁힌 게 다였어요. 패치 걱정은 안 하셔도 돼요!"

언제나처럼 위츠터블 부인과의 대화는 이렇게 시작됐다. 사실 위츠터블 부인이 말한 강아지는 돌리가 아니라 이웃에 사는 농부의 딸이 데려온 거였고, 그 차 사고는 돌리와 아무 관계도 없었다.

옆에서 위츠터블이 조그맣게 말했다.

"어머니 기억력이 예전 같지 않으세요……."

노파는 돌리가 입고 있는 하얀 새틴 드레스의 무릎께를 흐릿한 눈으로 바라보며 노래하듯 말했다.

"언제 이렇게 자라서 멋진 여인이 되셨을까요"

돌리는 시계를 힐긋 쳐다보며 생각했다.

'아, 미치겠네.'

"신랑도 아주 잘생긴 남자겠죠. 아가씨는 신랑을 자랑스러워하고, 신랑도 아가씨를 자랑스러워할 거예요. 둘이 서로 자랑스러워하는 거죠."

(예전에 돌리가 젊은 남자를 마음에 두고 있을 때, 어머니 심부름으로 이 노파가 사는 작은 집에 들르곤 했다. 당시 노파한테 이런 얘

기를 들을 때마다 당황하곤 했었다. 지금은 위츠터블이 얼른 끼어들며 변명했다. "어머니 총기가 예전 같지 않으세요, 아가씨!")

돌리는 위츠터블 부인과 얘기를 나눌 때면 그녀의 손을 쳐다보지 않으려고 애썼다. 고령이어서인지 손의 피부가 시커먼 색이었다. 죽은 후라야 이 정도로 검어지지 않나. 손의 뼈와 관절 여기저기가 뒤틀리고 혹도 있어서 도저히 인간의 손이라고 보기 힘들 지경이었다.

노파가 호랑가시나무 덤불 사이로 부는 바람 같은 목소리로 속삭였다.

"요즘은 눈도 잘 안 보인답니다. 머릿속에서 갑자기 뭔가가 떠오르면 눈앞이 컴컴해지고 보랏빛을 띠다가 현기증이 나서 뒤로 나자빠지죠. 아, 아무도 몰라요! 가끔 머릿속에서 뭔가 올라오는 게 느껴질 때 내 심정이 어떤지 아무도 모른다니까요! 그런 일이 갑자기 일어나요! 요즘은 입맛도 없어요! 그냥 빵이랑 물만 겨우 먹어요. 그게 다예요. 맛있는 토끼 머리 고기 같은 게 있으면 국물 정도는 먹는 편이지만요. 원래 토끼 머리 고기 요리가 있으면 국물은 늘 먹었고⋯⋯."

위츠터블이 초조해하며 끼어들었다.

"어머니, 돌리 아가씨는 그만 가봐야 해요."

그러자 돌리는 생각했다.

'드디어 끝나겠네. 다행이야.'

"아가씨는 멋진 여자가 되었군요. 신랑도 잘생긴 남자겠죠. 신랑은 아가씨를 자랑스러워하고, 아가씨도 신랑을 자랑스러워하고, 둘이 서로 자랑스러워하면서 살면 돼요……. 아이고, 맙소사! 아가씨가 **끔찍한** 짓을 저질렀네요!"

그리고 갑자기 입을 다물더니, 두려움에 말문이 막힌 표정으로 돌리의 목과 턱을 가만히 올려다보았다.

예전에 얘기를 나눌 때와는 확실히 다른 마무리였다.

위츠터블이 설명했다.

"아, 어머니는 아가씨가 아기였던 시절부터 전부 기억하시거든요. 아가씨가 갑자기 확 자란 걸로 보여서 저러시나봐요."

위츠터블은 이 말을 하면서 돌리를 돌아보았다. 그가 목을 완전히 돌리기도 전에 돌리는 이미 방문을 나서고 있었다.

그러는 사이 조지프는 집 안 어딘가에서 들려오는 목소리를 따라 이 방, 저 방으로 뛰어다니고 있었다. 그는 백지처럼 하얗게 질린 얼굴로 돌리를 찾아 집 안을 돌아다녔다. 그러다 마침내 뒷계단과 돌리가 따로 쓰는 계단을 올라가 그녀의 방으로 향했다. 방 안에는 아무도 없었다. 오렌지색 파우더가 담긴 분홍색 통이 뒤집힌 채 카펫에 놓여 있었다. 진한 수선화 향기가 콧속에 가득 들어찼다.

침대 위에 놓인 파란 화장지 한 뭉치의 모서리 부분이 열린 문으로 불어 든 외풍을 받아 위아래로 팔락거렸다. 방은 휑하게 비어 있었다! 이보다 우울한 풍경이 또 있을까?

화장대에 놓인 시계는 2시 5분 30초를 가리키고 있었다. 돌리는 이미 집을 떠나지 않았을까? 결혼식이 2시에 시작이니까.

돌아서서 미친 사람처럼 좁은 계단을 헐레벌떡 달려 내려간 그는 좁은 복도를 지나 중앙 계단으로 향했다.

"돌리!"

조카를 부르는 데이킨 참사회원의 목소리가 저 아래 어딘가에서 조그맣게 들려왔다.

돌리가 아직 집 안에 있는 것이다! 조지프는 중앙 계단을 뛰어 내려갔다. 계단참에는 아무도 없었다. 그는 오른쪽 재봉실부터 왼쪽 유아실로 달려 들어갔다. 그리고 다시 중앙 계단을 내려가 널찍한 가족실로 들어가자 그곳에 돌리가 있었다.

그녀는 하얀 웨딩드레스 앞쪽에 묻은 시커먼 얼룩을 내려다보며 가족실 한가운데 서 있었다. 눈을 들어 조지프를 쳐다보는 돌리의 얼굴은 빨간 무처럼 상기되어 있었고 겁이 나 어쩔 줄 몰라 하는 표정이었다. 그녀는 제정신이 아닌 듯한 눈빛으로 그를 쏘아보았다.

"나 어떻게 해! 어떻게 해야 하냐고! 이런 꼴로 성당에 들어갈 순 없어!"

돌리는 그에게 소리를 질렀다. 그러고는 치맛자락을 보란 듯이 펼쳤다. 그녀의 작은 손은 진청색으로 물들었고, 하얀 새틴 소재의 웨딩드레스에도 찻주전자만 한 시커먼 얼룩이 묻어 있었다.

그녀의 발치에 엎어진 잉크병이 보였다.

조지프는 그녀에게 달려갔다.

"아, 돌리! 제발 내 얘기 좀 들어……."

"어떻게 좀 해봐! 방법 좀 찾아봐!" 돌리는 눈을 번뜩이며 소리쳤다. "그래! 위층으로 달려 올라가서 어머니의 서랍장에 있는 스카프 좀 갖다줘!"

"잠깐만! 돌리! 제발!"

"올라가! 꾸물대지 말고!" 돌리는 발을 굴렀다. "맨 아래 서랍이야! 하얀 레이스 스카프! 서둘러!"

돌리는 그를 계단 쪽으로 떠밀었다.

조지프는 계단을 뛰어 올라갔다. 돌리가 말한 서랍에서 스카프를 겨우 찾아냈다.

계단을 내려가는데 돌리가 이미 반쯤 올라와 있었다.

"돌리!" 거실 쪽에서 참사회원이 날카로운 목소리로 그녀를 불렀다. "지금 바로 가야 해!"

"곧 가요, 밥 삼촌."

"스카프를 허리에 둘러 묶게 도와줘, 조지프. 이쪽으로 돌려."

돌리는 분열하는 번개처럼 바짝 세운 손가락으로 레이스 스카프를 둘러 얼룩을 덮어 가리도록 묶었다.

조지프는 그녀의 왼 손목을 낚아채듯 붙잡아 들어 올렸다. 그녀의 손이 갈라진 혀를 그의 피부에 갖다 대려는 독사라도 되는 것처럼 그는 멀찌감치 팔을 뻗어 그 손을 잡았다. 조지프의 얼굴은 아까와는 완전히 달라졌다. 산산조각이 난 것 같은 표정이었다. 몹시 긴장해 경련이 이는 것도 같았다. 얼굴 안쪽에서 무시무시한 변화가 일어나 활활 타오르는 듯했다. 그는 목이 졸리는 듯 벌린 입으로 힘겹게 숨을 들이마셨다.

그의 목구멍에서 괴상한 목소리가 튀어나왔다.

"제발, 이것만 얘기해줘."

"식 끝나고 나서 네가 원하는 얘길 실컷 해줄게."

돌리는 울부짖듯 소리치더니 그에게 잡힌 손목을 빼내려 버둥거렸다. 그는 어쩔 수 없이 그녀의 손을 놓아주었다.

"돌리! 돌리!"

참사회원이 고함을 쳤다.

"간다고요!" 돌리가 삼촌에게 날카롭게 소리친 후 조지프에게 말했다. "핀으로 고정해줘!"

돌리가 작고 마디진 무언가를 조지프의 손에 쥐여주었다.

시선을 내린 그의 눈에 들어온 것은 진주로 둘러싸인 에메랄드 브로치였다.

돌리가 소리쳤다.

"얼룩이 안 보이게 그 앞에 고정해! 아, 빨리!"

절망한 조지프는 숨이 막힐 지경이었다. 그는 고개를 절레절레 흔들며 무릎을 굽히고 앉아 돌리의 치맛자락에 묻은 잉크 얼룩 위에 레이스 스카프를 덮고 핀으로 고정했다.

새틴 치맛자락의 하얀 꽃무늬 자수에 묻은 잉크 자국을 바라보면서, 손으로는 브로치를 끼워가면서 그가 조용히 물었다.

"어쩌다가 이런 거야?"

"저기 책상에 놓인 술병 주둥이에 한 손으로 코르크 마개를 끼우려다가. 다른 손에는 부케를 들고 있었어. 그런데 술병이 미끄러지면서 잉크통이 내 드레스 쪽으로 쓰러졌어. 이렇게 운 나쁜 사람이 또 있을까?"

돌리는 어쩔 줄 몰라 하며 웃기 시작했다.

참사회원이 소리쳐 그녀를 불렀다.

"돌리!"

"가요."

돌리는 대답을 한 후 조지프의 손을 무례할 정도로 세게 밀쳐내고 거실로 들어갔다. 치맛자락이 바닥에 끌리는 소리에 이어 거실 저쪽 끝의 문이 쾅 닫히는 소리가 들렸다.

"그래, 다 끝이네."

조지프가 소리 높여 말했다.

일 분도 채 안 되어 정원 담장 너머로 성당을 향해 미끄러지듯 굴러가는 대첨 부인의 오래된 선빔 자동차 윗부분이 보였다. 그제야 조지프는 자신도 진즉에 성당으로 출발했어야 했음을 깨달았다.

그는 소파에 털썩 앉았다.

눈앞의 난간에는 복잡하게 주름진 풍성하고 붉은 중국옷이 금방이라도 바닥으로 미끄러져 떨어질 듯 비딱하게 걸쳐져 있었다. 창문을 통해 흘러든 햇빛에 옷감의 주름 하나하나가 또렷하게 드러났다. 흐릿한 먼지가 옷감 표면을 뒤덮은 상태라 손으로 만지면 끈적거릴 것 같았다. 곰팡이도 피어 있을 것 같아 무어라 말로 표현하기 힘든 역겨움이 치밀어 올랐다.

조지프는 소파 등받이에 기대앉아 크게 한숨을 쉬었다.

"돌리가 나한테 말할 기회를 주지 않아서 다행이야! 내 얘기를 들었으면 돌리가 정말 결혼식을 연기했을지도 모르잖아! 그다음 일을 내가 어떻게 감당해?"

성당의 오르간 소리가 가족실 안으로 낭랑하게 흘러 들어왔다.

지금쯤 신부는 밥 삼촌의 팔을 잡고 성당 통로를 걸어가고 있을 것이다.

5

소파에 앉아 이십 분 정도 여유를 갖고 마음을 진정시키려던 조지프는 삼사 분도 채 지나지 않아 붉은 베이즈 천을 씌운 여닫이문이 열리자 놀라기도 하고 화도 치밀었다.

모기만큼이나 몸집이 작고 블라우스에 치마를 입은 마을 여자가 방 안으로 불쑥 들어왔다. 여자는 큼직한 앞치마를 둘렀고 머리에는 하녀용 하얀 모자가 아니라 색바랜 물망초 장식이 측면에 붙은 윤기 나는 검은 모자를 썼다. 여자는 도금한 도자기가 잔뜩 담긴 깊은 나무 쟁반을 손에 들었는데 그 무게 때문에 비틀거렸다.

숨을 몰아쉬며 툴툴대는 여자의 둥그런 얼굴은 발갛게 상기되어 있었고 왁스 칠을 한 사과처럼 번들거렸다. 여자는 샹들리에 아래, 방 한가운데에 깔린 터키산 카펫에 쟁반을 내려놓았다.

작은 책상 앞으로 걸어간 여자는 붉은 압지철과 펜 홀더, 도자기로 된 도장 보관함 따위의 물건을 두 개씩 손으로 집어 들고 피아노 쪽으로 걸어가 그 위에 올려놓았다. 책상을 다 치운 후에는 자수가 놓인 차 수건을 책상에 펼쳐놓았다.

"아…… 미쳐버리겠네!"

여자는 투덜거리더니 차 수건을 집어 들고 홱 뒤집어서 다시 펼쳐놓았다.

한 걸음 뒤로 물러서서 차 수건 상태를 확인하던 여자는 별안간 킥킥댔는데, 웃을 때마다 여자의 가슴속에서 쉰 소리같이 흘러나왔다.

여자는 조지프를 천장에 붙은 파리 취급을 하면서 바닥에 놓인 차 쟁반을 향해 주절거렸다.

"**제가** 거실 차 탁자 주변에서 얼쩡거려보긴 처음이에요! 믿든 말든 사실이거든요. 온갖 젤리 케이크 같은 먹을거리들은 또 어떻고요. 그래요! 진짜 처음이에요!"

빠른 걸음으로 거실을 나간 여자는 잠시 후 케이크 받침대와 티스푼 몇 개를 들고 돌아왔다. 그것들을 탁자에 차려놓더니 방 한가운데로 와 두 손을 허리춤에 얹고는 다시 바닥의 차 쟁반을 쳐다보며 말했다.

"로비의 온수 배관을 살펴보러 온 신사분이 저한테 이렇게 말하는 거예요. '**난** 이런 배관이 두 개 달렸어. 둘 다 지금 크고 강해진 상태야. 어…… 허이! 아주 악마나 다름없다니까!' 그래서 제가 말했죠. '내 아들 테디랑 아주 똑같네요. 담배를 줄기차게 피우는데도 거기가 구두만 하죠. **아무리** 잘난 악마도 구두만큼 크지는 않잖아요.' 그래요, 절대 그럴 리 없죠!"

조지프는 생각했다.

'저 여자가 여기서 나가긴 할까?'

자그마한 여자는 허리를 굽히고는 쟁반에서 컵이며 받침을 집어 들기 시작했다.

"그래요! 그분들이 와서 결혼식 피로연에 쓸 차 준비를 도와달라고 하더라고요. **제** 생각을 묻는다면 (지금 내가 어떤 종류의 신사에게 이 말을 하는 건지 모르겠지만…… 그래도 얘기를 잘 들어봐요) 굳이 **제** 생각을 묻는다면 그래요, 말해줄게요. 결혼이라는 건 완전히 잘못된 개념이랍니다." 여자는 무겁게 숨을 들이마시더니 손에 든 찻잔을 노려보며 말을 이었다. "제 남편은 7년 전에 세상을 떠났어요. **참 감사한 일이죠**. 저는 다시 결혼할 생각 따윈 눈곱만큼도 없어요!"

여자는 찻잔을 늘어놓는 동안에는 입을 다물었다. 성당에서 다시 오르간 연주 소리가 들려왔다.

조지프는 머릿속으로 저 자그마한 여자에게 '제발 좀 가요, 가, 가' 하고 외쳤다.

하지만 여자는 다시 바닥의 차 쟁반을 바라보며 주절거리기 시작했다.

"지난 금요일 밤 느지막이 테디가 집에 왔어요. 그때 저는 침대에 누워 있었거든요. 얘기 잘 들어봐요. 테디가 들어와서는 늘 하던 소리를 또 하더라고요. '엄마, 이번 주에 반 크라운만 주실래요?' **'안 돼, 테디.** 내가 땀 흘려 번 돈을 왜 널 줘야 하니? 넌 그 돈으로 담배나 사서 피우고 온갖 쓸데없는 짓에 다 써버릴 텐데? **절대 못 줘.'** 그랬더니 테디가 누워 있는 저한테 양동이에 담긴 차가운 물을 확 끼얹었어요. 이부자리고 뭐고 다 젖었죠. 전 테디한테 말했어요. **'이 뒈질 놈아.'"**

조지프는 막연히 생각했다.

'괴상하게도 구는구나!'

여자가 늘어놓는 장황한 얘기는 조지프의 귀에 잘 들어오지도 않았다. 그는 돌리와 얘기를 해볼 기회가 있을지 궁리하느라 여념이 없었다.

그러다 문득 자그마한 여자가 그의 얼굴을 빤히 쳐다보고 있음을 알아챘다.

　　여자가 물었다.

　　"안면신경통이 있으세요?"

　　"안면신경통이요? 아…… 예."

　　"어머! 혹시나 했는데! 아! 그래도 이빨 상태는 괜찮으시네. 이빨이 있는 게 어디예요!" 여자는 부산스럽게 차 탁자로 가더니 말을 이어갔다. "지난주 내내 테디는 이빨에다가 실을 묶어놨어요. 실 끝을 문손잡이에 묶어서……."

　　조지프가 말을 끊었다.

　　"사람들이 성당에서 돌아오네요. 보세요."

　　여자는 까치발을 들고 창밖을 살폈다. 정원 담장 너머에서 미끄러지듯 굴러오는 차들이 보였다. 신부와 손님들을 태운 차들이 피로연을 위해 집으로 돌아오고 있었다.

　　자그마한 여자는 실망한 눈치였다.

　　"어휴!"

　　조지프가 경고했다.

　　"저들이 일 분 안에 도착하겠군요."

　　"이만 가볼게요."

　　여자가 머뭇거리다가 쟁반을 챙겨 들고 나가자 드디어 그는 평화롭게 혼자 있게 됐다.

이윽고 시끌벅적한 결혼 피로연이 시작됐다. 이 집의 반대쪽 끄트머리, 널찍한 앞쪽 거실과 서재에서부터 시작되는 모양이었다.

손님 한두 명이 집 안 여기저기를 돌아다니다가 가족실과 연결된 작은 거실 입구로 들어온 듯했다.

목소리를 낮춰 조심스럽게 소곤거리는 여자의 목소리가 조지프의 귀에 들려왔다.

"**이런** 날 그런 얘기를 하면 안 되는 거 알지만 그래도……." 여기서 여자는 가족실 쪽에서 누가 들을세라 목소리를 한층 더 낮췄다. "거의 **수레바퀴**만 한 게…… 진짜더라고요! 전부 제비꽃으로 만든 거고…… 정말이지……."

좀 더 쉰 목소리의 여자가 물었다.

"그 정도로 여유가 있나봐요? **혹시**……?"

"어머, 몰랐어요? **엄청 부자래요**! 돈이 넘쳐난다더라고요!"

말끝에 그 둘은 나지막하게 웃었다.

"드레이턴 부인!"

세 번째 목소리가 들렸는데, 조지프는 꼬마 지미 데이킨의 목소리임을 알아챘다. 결혼식에서 신부의 긴 치맛자락을 뒤에서 들어주는 역할을 맡은 일곱 살 지미는 데이킨 참사회원의 막내아들이었다. 지미는 의미심장하게 목소리를 낮추면서 느릿하게 물었다.

"이 수수께끼 들어보셨어요?"

"무슨 수수께끼?"

잠시 정적이 흐르고 지미가 말했다.

"답을 말해보세요. **벌집과 신혼여행**의 차이점이 뭐게요?"

"글쎄! 모르겠네."

"이거예요. 벌집에는 방이 **백만 개**나 있는데 신혼여행은 방이 **하나**뿐이에요. 재미있죠?"

"뭐? 아이고! 정말 그렇구나!"

"릴리가 말해줬어요. 멋진 수수께끼죠?"

"그렇긴 한데 신랑한테 가서 그 얘기를 하지는 마."

여자들이 소리 죽여 웃는 소리가 조지프의 귀에 들려왔다.

그때 베이즈 천을 씌운 문을 밀고 들어온 대첨 부인이 나이 지긋한 친척 아주머니를 차 탁자 옆의 소파로 데려와 앉혔다.

"특별한 차를 여기 준비해놓으라고 했어요, 케이티 큰할머님. 여기가 사람도 없고 한산하잖아요. 어머! **저게 뭐야!**" 대첨 부인은 피아노 위에 아무렇게나 놓인 도장 보관함, 펜, 봉투꽂이를 보고 외쳤다. "필기도구가 왜 피아노 위에 있어? 하아! 이 여자가 차 탁자가 아니라 **책상**에다가 차를 준비해뒀나

보네요! 정말 웃기는 여자네! 어떻게 이럴 수가 있죠? 흐으으으으으윽. 미치겠네!"

어머니를 따라 방으로 들어온 키티가 목소리를 높여 말했다.

"마을에 사는 그 미친 넬리가 해놓은 짓일걸요. 그 여자는 뭐든 엉망으로 만들어버린다고 제가 말했잖아요. 케이크 바구니 아래, 스콘 사이에다 잼 병을 놔둔 것 좀 보세요. 너무 멍청한 짓 아니에요?"

"그 여자 나이 정도면 차 탁자에 차를 차리는 정도는 할 수 있을 줄 알았지. 흐으으으으으윽. 참 희한한 사람이야."

대첨 부인은 꾹 참는 목소리였다.

케이티가 속삭이듯 말했다.

"차가 맛있어 보이네. 그거면 됐지. 맛있는 케이프 구스베리 잼이 입에 당기는구나!"

케이티는 마른 체격에 장난기가 많아 보이는 할머니였다. 지금도 허리를 꼿꼿이 세우고 앉아 있었다. 장화 단추처럼 땡그랗게 생긴 검은 눈이 반짝거렸는데, 한껏 즐거워하는 것인지, 악의를 품은 것인지 표정만으로는 속을 알 수 없었다. 케이티는 가느다란 금 사슬과 은사슬이 목 주변을 장식한 보라색 드레스를 입었다. 창백한 얼굴은 예리한 인상을 풍겼고, 코는 체리처럼 발그레했다. 드레스의 요크●는 가늘고 구불구

불한 검은색 벨벳 리본이 달린 섬세한 고리 무늬 하얀 레이스로 되어 있었다. 나비 날개 같은 망사 스카프는 시클라멘처럼 분홍빛을 띠었고 수백 개의 자잘한 주름이 잡혔으며 가장자리에는 레이스를 둘렀다.

평소 케이티는 꽃이 만개한 지중해의 정원 같은 모자를 즐겨 썼다. 오늘도 괴상할 정도로 챙이 넓고 편평한 모자를 썼는데 챙을 따라 블랙베리 덤불, 자주색과 진홍색 제라늄, 노란 점무늬 팬지, 뾰족뾰족한 모양의 녹색 잎, 귀리인지 백로 깃인지 모를 장식이 한껏 얹혀 있었다. 틈새마다 자리하고 있는 창백한 은빛을 띤 분홍색 장미들은 마치 집시들 사이에 교양 있게 앉아 있는 금발의 영국 귀부인을 보는 듯했다. 주름 잡힌 연분홍색 꽃잎을 단 커다란 장미들을 보고 있자니 뜨거운 햇살이 쏟아지는 정오를 지나 저녁의 선선한 공기를 맛보는 기분이었다.

"할미랑 같이 차 마실래?"

케이티가 앞으로 몸을 기울이며 꼬마 지미 데이킨에게 물었다. 지미는 하얀 새틴 재킷에 헐렁한 반바지 차림으로 거실 문간에 머뭇거리며 서 있었다.

● 드레스나 치마에서 어깨나 허리에 딱 맞게 조여지는 부분.

지미가 걸어와 옆에 앉자 노부인이 지미에게 찻잔을 건넸다.

"지난주에 네가 박스브리지의 친척들과 차를 마셨다고 들었다만. 네 사촌 로저가 너한테 잘 대해줬는지 모르겠구나. 요즘 로저가 꽤 잘나가는 모양이더라. 학교 크리켓 팀 주장이 됐다던데!"

지미의 얼굴은 달걀처럼 둥그렇고 갈색을 띠었으며 몸집도 자그마했다. 이목구비도 어찌나 작은지 잘 보이지도 않을 정도였고, 그나마도 얼굴 한가운데에 몰려 있었다. 페니 번에 넣은 건포도들이 어떤 이유에서인지 한가운데에 몰려 있는 것 같은 인상이었다. 부드러운 갈색 눈은 자그마한 코와 입 위에서 늘 사방을 경계했고, 누군가 흥미를 갖고 빤히 쳐다보기라도 하면 그 시선을 즉시 느끼고 내리깔았다. 그러면 쳐다보던 사람은 조용하고 내성적이며 우아한 갈색 건포도 번의 이런 태도에 당황하게 마련이었다.

소파에 앉은 조지프는 차 탁자 앞에 앉은 두 사람을 절망한 얼굴로 바라보았다. 이 집에서는 어떤 방으로 가더라도 낯선 사람들이 있으니 돌리에게 따로 작별 인사를 하기가 어려웠다! 지금 이 방에도 지미와 큰할머니가 있었다. 지미가 차려진 음식을 먹고 마시며 복장 터지게 느릿느릿 말하는 걸 보니 저 둘은 이 방에 두세 시간은 머물 심산인 듯했다.

지미가 천천히 케이티에게 말했다.

"로저가 스콘이 담긴 접시를 내밀길래 스콘 하나를 집었어요. 제가 집은 스콘은 크기가…… 그러니까 **높이가**…… 호루라기만 했어요."

"호루라기의 높이가 얼마나 되지?"

"그게, 제가 좀 더 정확하게 말했어야 하는데…… 호루라기 위에 공깃돌이나 만년필을 올렸을 때(만년필은 당연히 눕혀서 놓는 거죠!)의 높이 정도였어요. 제가 그 스콘을 다 먹은 걸 보더니 로저가 코코넛 케이크 접시를 내밀었어요. 그래서 제가 말했죠. '아, 그만 먹을래. 코코넛 케이크까지는 못 먹겠어.' '그럼 버터 바른 빵으로 마무리할래?' '아니, 버터 바른 빵도 못 먹어. 진짜 **그만** 먹을래.'"

얘기를 하는 동안 지미의 갈색 눈은 방 안을 체계적으로 살폈다. 큰할머니를 즐겁게 해주기 위해 이 얘기를 하고 있을 뿐임을 알 수 있었다.

"그런데 (됐다는**데도**) 로저는 계속 저한테 뭐든 더 먹이려고 했어요! 그러다 비스킷 하나가 담긴 접시를 저한테 내밀었어요. 비스킷 크기가 얼마만 했냐면…… 그러니까…… 저 티스푼 끄트머리에서 그 옆 버스표가 있는 곳까지……."

조지프는 벌떡 일어나 서재로 향하는 문을 열어젖혔다. 아무도 없었다. 재빨리 문을 닫은 그는 돌리를 데려오려고 그 자리를 떠났다.

케이티는 유리 정원 문 너머 테라스를 내다보았다. 테라스에 반원형으로 모여 선 신부 들러리들의 노란 드레스가 바람에 위아래로 펄럭거리고 머리카락도 덩달아 휘날렸다. 펄럭이는 방수 외투를 입은 두 남자가 앞에 세워둔 키 큰 삼각대의 카메라를 중심으로 빙글빙글 돌며 뛰었다. 전체적으로 살아 있다기보다 죽은 상태에 가까워 보였다.

"저 불쌍한 여자애들은 얼음같이 찬 바람을 맞으면서 달달 떨고 있네! **나라면** 이런 날 저런 옷을 입고 사진 찍히는 게 싫을 텐데!"

"아이고." 대첨 부인이 정원 문을 열고 들어왔다. "바깥 공기가 신선하네요!"

대첨 부인은 작은 발을 도어 매트에 대고 경쾌하게 문지르며 수선스럽게 거실로 들어왔다.

바로 그 순간, 대첨 부인이나 케이티 큰할머니, 지미도 모르게 (짙은 색 외출복으로 갈아입고 머리를 풀어 내린 후 살짝 천박한 느낌을 주는 경쾌한 분홍색 벨벳 모자를 쓴) 돌리가 차 탁자 뒤의 벽을 따라 조용히 걸어가더니 서재로 쓱 들어갔다. 조지프도 곧바로 그녀 뒤를 따라갔다.

서재로 들어간 조지프는 등 뒤로 서재 문을 살그머니 닫았다.

6

서재에는 빛이 별로 들지 않았다. 짙은 색 가죽 장정 책들이 책장을 가득 채웠고, 벽에는 초콜릿 갈색으로 칠한 묵직한 나무 패널이 붙어 있었으며, 플러시 천으로 만든 커다란 커튼이 창문을 덮어 가렸다.

가족들이 먹고 남은 '간식 겸 점심 식사용' 음식이 기다란 식탁에 있었다. 구겨진 냅킨, 누런 와인이 반쯤 차 있는 흐릿한 와인 잔들이 먹다 만 트라이플 그릇들 사이에 아무렇게나 놓여 있었다.

"어머, 이게 뭐야?"

높고 텅 빈 것 같은, 그러면서도 무척 재미있어하는 목소리로 돌리가 말했다. 돌리는 창턱 아래 긴 나무 의자에 놓인 짙은 색 물건을 집어 들었다. 녹색 격자무늬가 들어간 킬트●와 킬트 앞에 매는 작은 주머니였다. 킬트 주름 사이에서 장미색 캔버스 천 가면이 바닥으로 툭 떨어졌다.

조지프와 돌리는 그 가면을 내려다보았다. 휘둥그런 모양의 푸른 도자기 눈 부분에 가장자리가 주홍색이고 알이 네모난 젤라틴 안경이 씌워져 있고, 닳아빠진 듯 연해진 적갈색 콧수염과 가짜 이빨이 사방으로 뻗어 있었다. 이마에는 연청색 크리켓 모자가 붙어 있었다.

조지프가 말했다.

"전에 로브랑 톰을 비롯해서 여럿이 이런 가면을 쓰고 사진을 찍었어."

"뭐하러?"

"아, 키티한테 보내려고. 지금 그 얘길 하려던 건 아니고."

잠시 어색한 침묵이 흐른 뒤 돌리가 높고 공허한 목소리로 말했다.

"걔들이 **왜** 저런 차림으로 사진을 찍었나 모르겠어."

● 격자무늬 모직으로 된 짧은 치마. 전통적으로 스코틀랜드 남자들이 입었다.

"아, 키티한테 장난치려고 그런 거야. 다들 사진 밑에 각각 다른 글을 적어서 보냈어. 키티를 좋아하는 남자들이 했던 것처럼. '키티에게…… 호브 과수원에서 눈부시게 아름다운 오후에…….' 어쩌고 하는 글귀지. 키티의 방에 저런 게 잔뜩 있잖아…….."

"그래."

돌리는 무표정한 얼굴로 창턱 아래 긴 의자에 앉아 정원을 내다보았다. 그러다 마침내 조지프를 올려다보았다. 그의 얼굴은 비트처럼 벌겋게 달아올라 있었고, 의미심장하게 애원하는 눈빛으로 그녀를 바라보고 있었다. 돌리는 얼른 눈을 내리깔고 물었다.

"어머님은 리버풀에 편안하게 잘 모셨어?"

"응."

"거기서 강의한다고 들었어……. 6개월 과정이지?"

"맞아."

"네가 다른 강의도 하겠다고 제안했다고?"

"응."

"거기서 사는 게 재미있는 것 같아? 아니면 일하는 게 겁나?"

"앞으로 다 괜찮아지겠지."

"거기 아는 사람이라도 있어?"

"아니."

돌리는 그가 자신의 표정을 살피고 있음을 알았다.

"앞으로 아는 사람을 소개받을 수 있지 않겠어?"

그러자 그가 버럭 소리쳤다.

"아, 그런 얘기 그만하자!"

돌리는 그를 힐끔 쳐다보았다. 그는 아까보다 더 상기된 얼굴로, 비참한 속내를 감추듯 억지 미소를 짓고 있었다.

돌리는 입술을 깨물며 정원 쪽으로 얼른 고개를 돌렸다. 그녀의 얼굴도 잔뜩 달아올랐다.

"그런 얘기를 왜 하면 안 돼? 난 다 알고 싶단 말이야……."

잠시 후 돌리는 고개를 살짝 돌리고 초조함과 궁금함이 섞인 눈빛으로 그를 힐끗 쳐다보았다. 조지프도 그녀를 마주 보며 괴로움이 묻어나는, 미소 같지 않은 미소를 지었다. 그러고는 그녀에게 등을 돌리고 갈색 패널에 기대섰다.

온몸을 떠는 조지프를 바라보던 돌리는 벌떡 일어나 그의 어깨에 한 팔을 둘렀다.

"내가 제일 아끼는 조지프. 사랑스러운 조지프. 이리 와서 앉아."

그들은 창턱 아래 의자에 나란히 앉았다.

돌리는 그의 어깨에 계속 팔을 두른 채였다. 그의 창백한 얼굴로 흘러내리는 눈물이 보였다. 조지프는 고개를 반쯤 벽 쪽으로 돌리고는 손수건으로 눈물을 계속 닦아냈다.

"진짜 왜 그래? 무슨 일로 이러는지 말해줘."

돌리는 몹시 긴장하고 불편한 얼굴로 물었다. 울고 있는 조지프의 어깨에 팔을 두르고 의자에 앉아 있는 동안 그녀는 뭔가 잘못됐다는 느낌, 거짓된 무언가가 스멀스멀 흘러 들어왔다는 느낌을 받았다.

조지프는 조용히 고개를 젓는 것으로 대답을 대신하고는 계속 몸을 떨었다.

"소용없어……." 그는 이렇게 말하며 두 손을 휘저었다. 곧 떨림이 한층 더 심해지더니 흐느끼기 시작했다. "지금 나한테 무슨 일이냐고 물어봤자 소용없어." 그는 얼음장 같은 물에 떨어진 것처럼 숨을 몰아쉬며 거칠게 말했다. "나도 모르니까."

한참 후 그는 다시 입을 열었다.

"네가 전에 날 사랑했던 것 같다고, 얼마 전에 에벌린이 말했어(나한테 직접 말한 건 아니야)."

"글쎄, 전에는 그랬을지도 몰라. 지금은 아니야. 꽤 오랫동안 그런 감정이 아니었어."

잠시 뜸을 들이던 조지프는 의자에서 일어나 한층 더 멀리 있는 창문 앞으로 걸어갔다. 그러더니 화난 목소리로 물었다.

  "넌 왜 아무한테도, 아무 말도 안 해? **넌** 늘 잘 지내는 것처럼 보이고 싶어 하잖아. 다른 사람 도움이 필요해 보이질 않아…… 결혼한다는 얘기도 왜 나한테 직접 안 했어?"

  이제 조지프는 직접적인 감정이 드러난 얼굴로 그녀를 바라보았다.

  돌리가 소리쳤다.

  "말을 안 했다니! 무슨 말이야? 알바니아에서 보낸 내 편지 받았잖아?"

  "맙소사, 알바니아에서 온 그 편지 말이구나! **편지** 내용을 봐서는 말뿐인 줄 알았지, 진짜 결혼하려는 줄은 생각도 못 했어!"

  돌리가 차갑게 받아쳤다.

  "못 할 이유도 없잖아."

  "하! 결혼 소식을 왜 그렇게 늦게 전한 건데? 결혼식이 한 달도 안 남았을 때 편지를 받았어!"

  "한 달 전에 결혼을 결심했으니까!" 돌리가 격하게 받아쳤다. "왜 지금 와서 난리를 치는지 모르겠네! 나랑 결혼할 생각도 없잖아! **넌** 날 사랑하지 않아."

"그건…… 아니야……. 내가 잘 알아……."

별안간 돌리한테서 고개를 돌린 조지프는 무겁고 길게 숨을 들이마시며 다시 흐느끼기 시작했다. 큼직한 닭 뼈가 목에 걸려 숨이 안 쉬어지는 것처럼 기침을 뱉어냈다.

돌리가 의자에서 일어나 팔로 그의 허리를 감았다.

조지프도 바로 돌아서서 돌리의 어깨를 마주 안았다. 그녀의 얼굴을 내려다보는 그의 뺨이 눈물에 젖어 있었다. 그는 미소를 지으며 말했다.

"자기야!"

무척 따뜻한 목소리였다.

그 순간 문손잡이가 덜그럭거리더니 서재 문이 벌컥 열렸다.

두 사람은 놀란 얼굴로 문 쪽을 돌아보았다.

문 앞에는 중절모를 쓰고 여행용 무릎 덮개를 팔에 걸친 신랑 오언이 서 있었다. 희미한 빛 속에서 껴안고 있는 두 사람을 본 오언은 몹시 놀란 듯했다. 두 사람은 죄책감을 느끼는 얼굴이었고, 특히 조지프의 뺨은 눈물범벅이었다.

잠시 후 오언이 말했다.

"미안!"

두 사람은 얼른 포옹을 풀고 떨어져 섰다.

"이제 갈 시간이야, 돌리. 다들 우리를 배웅해주려고 문 앞에 나와 있어."

오언은 문지방 뒤로 물러서더니 바로 문을 닫았다.

돌리가 말했다.

"이걸로 끝이네."

서재 문이 다시 열렸는데 이번에는 5센티미터 정도 빼꼼 열린 정도였다.

"방해해서 미안, 돌리. 그게, 거북이를 데려가는 문제 때문에 좀…… 여객선에 태워서 가는…… 그게…… 내가 잘 이해가 안 되더라고…… 밀먼이 나한테 비스킷 통을 주면서 그 안에 거북이가 들어 있다고……."

"문제 될 거 없어. 내 거북이야."

"자기 거북이이긴 하지만, 그게 아무래도…… 배를 타고 가는 동안…… 뭘 먹여야 하는지…… 고민이 되어서!"

"아, 맙소사! 들어와 그냥, 오언! 대체 왜 거기서 그래? 그 커다란 배에 거북이 한 마리 **먹을 게** 없을까봐! 어이없어!"

"그렇게 생각할 수도 있지만 **아닐 수도** 있어서 그래."

"참 나! 말린 완두콩 같은 걸 먹이면 되잖아?"

"그건 아닐 거야."

"어쨌든 거북이가 아이스크림 웨이퍼를 잘 먹는 건 내가 알아. 그렇게 큰 배에는 **아이스크림 웨이퍼가** 늘 잔뜩 있어."

"그게…… 미리 용서를 구할게……. 내가 밀먼한테 우린 그 거북이를 **안** 데려갈 거라고 했어. 하인들이 거북이를 들판에 풀어줬을 거야. 미안. 지금쯤 들판을 가로질러서 말턴까지 절 반쯤 가지 않았을까 싶어……. 거기서 사는 게 아마 훨씬 행복할……."

"세상에, 진짜 참을 수가 없네!"

돌리는 탁자에 놓인 가방과 장갑을 낚아채 쥐고 소리쳤다.

대첨 부인이 문 너머로 고개를 빼꼼 들이밀었다.

"아, 여기 있었구나! 네가 어디 갔나 했다. 어서 가자. 다들 문 앞에서 기다리고 있어. 신경 쓰지 않으면 배 놓쳐."

대첨 부인은 돌리를 재촉해 서재에서 데리고 나갔다.

현관문 앞에서 사람들이 잔뜩 기다리고 있었다. 친척들, 손님들, 그리고 (한옆에 몰려 서 있는) 하인들까지. 얼굴이 한껏 달아오른 미친 넬리는 너무 흥분되고 기뻐 죽겠는지 본인의 확고한 원칙에도 불구하고 곧 폭발할 것 같은 모습이었다. 자동차가 짐을 잔뜩 실은 채 대기 중이었고 여행 가방 아래로 하얀 새틴 구두 한 짝이 대롱대롱 매달려 있었다.

키티는 엉엉 울고 있었다. 에벌린도 뒤에서 조용히 눈물을 흘렸다. 붉은 머리 로브는 토끼처럼 길쭉한 귀가 위로 뻗어 있는 괴상한 흰 종이 모자를 머리에 쓰고 서 있었다. 눈을 위로 굴리면서 짓궂은 표정을 짓는 걸 보니 재킷 안에 비밀스러운 무언가를 감추고 있는 듯했다.

3월의 강풍이 어쩌나 거센지, 진입로의 자동차 주변에 모인 사람들은 묵직한 카펫이 뒤통수와 코를 후려치고 차가운 금속 칼이 콧구멍을 쑤시는 듯한 기분을 느꼈다. 괴로움에 입을 벌린 순간, 얼어붙은 큼직한 탈지면 덩어리가 즉시 목구멍 안쪽으로 밀고 들어오는 느낌에 목이 막혀 숨도 쉬어지지 않았다.

세차게 몰아치는 매서운 바람 속에서 사람들은 신랑 신부에게 쌀과 색종이 조각을 흩뿌렸다. 목청 높여 작별을 고하고 고개를 숙이며 인사를 나누느라 신랑 신부의 맥 빠진 기분은 헤아릴 새가 없었다. 마침내 신랑 신부를 태운 차가 진입로 모퉁이를 돌아 사라지자 바깥에 나와 있던 사람들은 바람을 피해 곧장 집 안으로 들어갔다.

이 집에 머물기로 한 사람들을 제외하고 마침내 모두 집을 떠났다.

벨라 이모도 새 차를 타고 만 건너편에 있는 자신의 고결한 집으로 돌아갔다.

대첨 부인과 키티, 에벌린, 로브, 톰과 로버트는 차례로 가족실로 향했다.

7

　가족실로 들어간 사람들은 서로를 마주 보며 방 양쪽 끝에 앉아 있는 케이티 큰할머니와 조지프를 보았다. 두 사람은 지난 십 분 동안 입 한 번 열지 않았다. 케이티는 페이션스 카드 팩을 꺼내 카드용 바구니에 카드를 올려놓고 혼자 '엠퍼러' 카드놀이를 하고 있었다.

　케이티와 나란히 소파에 앉은 꼬마 지미 데이킨은 창백한 얼굴로 다리를 꼬고 팔짱을 낀 채 앞만 쏘아보고 있었다.

　갑자기 수국 뒤에서 실랑이가 벌어졌다. 신경이 바짝 곤두선 목소리가 흐느끼듯 말했다.

"내가 뭐랬어? 내가 뭐랬냐고? 결혼식에 **럭비 팀원이 두 명이나** 왔잖아!"

조용하면서도 날카롭게 타박하는 소리가 더 들리더니 창백하게 얼룩진 허연 수국들이 화분에 담긴 채 위태롭게 앞으로 휘청거렸다.

"애들아, 거기서 왜들 그래? 앞으로 나오렴!"

그러자 수국 뒤에서 성난 목소리가 날카롭게 내뱉었다.

"그 뚱뚱한 남자는 아버스넛 소령이었어! 우린 끝장이야, 끝장이라고! 너 때문이야, 로버트, 이 나쁜 새끼야!"

"꺼져! 사람을 왜 이렇게 괴롭혀!"

수국 뒤에서 진홍색으로 달아오른 왼 손목을 부여잡은 로버트가 악을 쓰며 튀어나왔다. 뺨에는 눈물이 줄줄 흐르고 있었다.

대첨 부인이 질겁하며 몹시 싸늘한 목소리로 나무랐다.

"둘 다 방에서 나가. 예의라곤 없구나! 왜 이렇게 괴상하게 구니! 진짜!"

두 소년은 가족실에서 나갔다.

대첨 부인이 조지프를 돌아보며 말했다.

"위층으로 올라가서 좀 눕지 그래, 조지프? 말 들어. 어서 위층으로 올라가. 어서."

"아뇨, 괜찮습니다. 십 분 안에 기차역으로 가야 해서요."

"음, 십 분 동안이라도 올라가서 쉬는 게 어때? 그런 얼굴로 여기 축 처져 앉아 있는 건 본인은 물론이고 아무한테도 도움이 안 되잖아. 위층으로 올라가. 얼른."

조지프는 꿈쩍도 하지 않았다.

"헤티!"

계단 위쪽에서 낮고 굵은 목소리가 대첨 부인을 불렀다. 헤티는 대첨 부인의 세례명이었다.

그 소리에 모두 계단 위쪽을 올려다보았다.

회색과 흰색 깃털 무늬가 들어간 와인색 비단 실내복을 입은 남자가 대단히 우아한 자태로 난간을 붙잡고 서 있었다. 데이킨 참사회원이었다. 곱슬한 잿빛 머리가 살짝 헝클어졌고, 위쪽 계단참에서 비추는 하얀 햇살을 받은 얼굴이 창백하고 아름다워 보였다.

"이런 차림으로 계단에서 소리쳐서 미안하구나." 그는 헛기침하며 말을 이었다. "어지간히 당황스러운 일이라야지. 버밍엄행 기차를 놓치기 전에 얼른 목욕을 하려고 내 방으로 달려 올라가 급하게 옷을 벗었어. 그런데…… 흠…… 욕실에서 나와보니…… 어…… 침대 위에 여자 속옷이 놓여 있더라. 안락의자에 걸쳐둔 내 옷은 의자 뒤로 미끄러져 떨어져 있었어

(그러니 내 방을 자기 방으로 착각한 여자분 눈에는 내 옷이 안 보였겠지). 어…… 흠! 어떻게 된 일인지 모르겠구나. 이런 상황에선 어떻게 하는 게 최선일까?"

데이킨 참사회원이 사정 얘기를 하는 동안, 대첨 부인의 시선은 회색 바탕에 커다란 황새 무늬가 들어간 일본 기모노 차림으로 거실 문간 안쪽에서 수줍게 움츠리고 있는 여자에게 향했다. 어깨까지 내려오는 길이의 양 갈래 머리였다. 그 여자는 대첨 부인의 시선을 끌려고 작고 하얀 손수건을 위아래로 흔들어대고 있었다.

"정말 별일이네요! 잠시만요, 밥, 곧 그리로 갈게요."

대첨 부인은 참사회원에게 말하고는 거실에 있는 여자 곁으로 서둘러 걸어갔다.

이 집 딸들의 가정교사였던 스푼 양이었다.

"대첨 부인, 정말 너무 당황스럽네요!" 가족실에 있던 사람들은 스푼 양이 나지막하게 속삭이는 소리를 들을 수 있었다. "목욕하러 갔다가…… 잠깐 방으로 돌아와서…… 안락의자 뒤를 내려다봤거든요! 제 속옷을 그 방에 뒀는데……."

"어떤 방이죠?"

대첨 부인이 큰 소리로 물으며 코안경을 꼈다. 거실 문간 너머로 대첨 부인의 모습이 보였다. 그녀는 코안경을 통해 스푼 양이 입은 실내복의 검은 황새 무늬를 유심히 바라보고 있었다. 실내복의 검은 황새들을 이 불미스러운 사건의 원인으로 여기는 듯한 시선이었다.

스푼 양이 걱정스러운 목소리로 말했다.

"부인께서 저더러 라일락 방을 쓰라고 하셨어요."

그러자 가족실에 있던 키티가 소리쳤다.

"아, 어머니! 제가 뭐랬어요! 그러다 사람들을 전부 라일락 방에 **넣을 거라고** 했잖아요. 이런 일이 일어날 줄 알았어요!"

마침내 이 사소한 문제를 해결한 대첨 부인은 가족실로 돌아왔다. 나무 뒤로 해가 뉘엿뉘엿 넘어가고 있었다.

가족실로 돌아온 로버트는 창턱 아래 의자에 앉아 《더 캡틴》을 읽기 시작했다.

그때까지도 조지프는 그 자리에서 꼼짝하지 않았다.

"케이티 큰할머님을 누구 하나 챙겨드리지 않고 혼자 페이션스 카드놀이를 하시게 됐네요. 참 너무들 하네!"

대첨 부인이 번뜩이는 눈으로 조지프를 쏘아보며 탄식했다. 부인은 방 안을 돌아다니며 쿠션을 팡팡 두드려 부풀렸다.

"요즘 젊은 남자들은 자기밖에 **모른다니까**. 참 희한해!"

키티와 조지프, 케이티 큰할머니가 일제히 대첨 부인 쪽으로 고개를 돌리며 무슨 얘기냐는 눈빛으로 쳐다보았다. 대첨 부인은 흥미로운 대화 주제를 찾아낸 것 같았고 할 말이 더 있는 표정이었지만 그 얘기를 더 이어가지는 않았다. 대신 바로 옆 작은 탁자에 놓여 있는 열린 초콜릿 상자를 집어 들었다.

"초콜릿 먹을래, 로버트?"

대첨 부인은 창문 앞으로 걸어가 로버트에게 상자를 내밀었다.

"에벌린, 초콜릿 먹을래?"

부인은 에벌린 앞에서 초콜릿 상자를 흔들었다.

"큰할머님? 무척 맛있는 초콜릿이에요! 조지프, 자네도 먹어."

이렇게 말하며 부인은 탁자에 초콜릿 상자를 내려놓았다.

이 방에서 초콜릿을 권유받지 못한 사람은 지미 데이킨뿐이었다. 카펫을 내려다보는 지미의 얼굴은 벌겋게 달아올라 있었다. 그는 달랑거리는 발밑에 깔린 터키산 카펫의 아라베스크 무늬만 가만히 내려다보았다.

그 후 몇 분 동안 초콜릿을 우적우적 와작와작 씹어 먹는 소리 외에는 고요했다.

대첨 부인은 창문 앞에 서서 초콜릿을 먹었다. 그녀의 오렌지색 눈은 판유리들을 연결한 짧은 납 막대 사이로 창밖을 내다보고 있었다. 어쩌면 건너편 느릅나무의 빠르게 흔들리는 나뭇가지들을 바라보고 있을지도 몰랐다. 갈색 비단으로 감싼 어깨 위로 목을 꼿꼿이 세운 자세였다.

"훌륭한 초콜릿이구나!"

케이티 큰할머니가 흡족해하며 중얼거렸다.

"어머, 지미!" 안락의자에 앉은 에벌린이 당황해 소리쳤다. 어린 소년의 상기된 얼굴에 담긴 표정을 알아챈 것이다. "초콜릿 권유를 못 받았구나?"

"이제 아셨네요! 누구든 그 말을 해주길 기다리고 있었어요!"

양 볼이 불처럼 빨갛게 달아오른 지미가 느긋한 척 까불대며 말했다.

"힘들었겠네!"

에벌린은 얼른 지미에게 초콜릿 상자를 내밀면서 놓친 기회를 벌충해야 하니 여러 개 집으라고 부추겼다.

"진짜 너무 황당해서 속으로 웃음이 나더라고요!"

지미는 그제야 미소를 지으며 초콜릿을 집으려 손을 뻗었다. 사람들이 다른 곳으로 시선을 돌리자 지미는 고개를 숙이더니 옆에 놓인 행주 모서리의 레이스로 눈가에 맺힌 눈물을 슬그머니 닦았다.

조지프 앞으로 다가간 대첨 부인은 돌로 된 얕은 난로망을

딛고 서서 그의 머리 너머로 창밖을 내다보며 말했다.

"요즘 젊은 사람들을 보면, 늘 울적한 얼굴을 하고 있다니까. 마음을 가다듬고 당당하게 일어나 제대로 걸을 생각들을 안 해. 다른 사람들이 재미있어하는 일을 함께할 생각도 안 하고 말이야…… 내 말 무슨 뜻인지 알지?"

아무도 대답하지 않았다.

"그러면서도 자기 할머니와 비슷한 연배의 사람들을 비난하는 일에는 앞장서서 목소리를 높이지." 그녀는 조지프를 손가락으로 가리켰다. "**자네 말이야**, 조지프……."

그러자 구석 자리에 있던 키티가 소리쳤다.

"어휴, 어머니!"

"조지프, **자네는** 원하는 걸 다 갖고 있어. 원하는 직업도 가졌고 최고 수준의 교육도 받았어. 돈도 원하는 만큼 있고 대단히 헌신적인 어머니와 가족도 있지. 그런데도 어쩜 이렇게…… 모두에게 벽을 쌓고 있는지 모르겠어! 흐으으으으으흡."

프랑스 남부에서는 미스트랄•이 바다 위로 불 때면, 평온하고 파랗던 바다에 줄무늬가 지면서 잔뜩 성질이 나고 핏발

• 프랑스 남부 지방에서 주로 겨울에 부는 차갑고 거센 바람.

선 보랏빛 덩어리로 변하곤 한다. 그야말로 충격적인 풍경이다. 지금 조지프의 얼굴에도 그 비슷한 변화가 일어났다.

조지프의 목과 두 뺨에 분명히 드러난 편치 않은 느낌의 누런 줄무늬와 시커먼 얼룩이 아니었으면, 지난 몇 분 동안 조지프의 내면에 미스트랄이 몰아치기 시작했음을, 깊은 물속까지 극심하게 뒤흔들리고 있음을 아무도 알아채지 못했을 것이다.

"자네는 만족이라는 걸 모르는 것 같아!" 대첨 부인이 의아하다는 듯 말했다. "내가 무뎌서 그런지 모르겠지만…… 솔직하게 말할게…… 난 그런 게 도무지 이해가 안 돼!"

팔짱을 끼고 의자 등받이에 기대앉아 있던 조지프는 고개를 들고 대첨 부인의 눈을 똑바로 올려다보았다.

"부인께서는 무딘 게 맞아요…… 그게 원인이죠." 그는 생각에 잠긴 목소리로 중얼거렸다. "그래서 이해를 못 하시는 겁니다. 저 두 남자애가 왜 저렇게 예의 없이 구는지 이해 안 되시죠? 미친 넬리가 거실에 차를 제대로 준비해놓지 않은 이유도, 참사회원과 스푼 양이 같은 방을 쓰게 된 것도 이해 안 되실 테고요. 밀먼이 유아실이 아니라 서재에 점심을 차려놓는 이상한 짓을 한 것도 이해 안 되실 겁니다! 사실 부인은 아무도, 아무것도 이해를 못 하시죠. 그래놓고 '쟤가 참 이상하게 구네!', '희한하네!', '내가 무뎌서 그런지 모르겠지만 이해가 안 돼!' 같은 말을 하시죠. 대체 한 시간에 몇 번이나 본인이 무디단 고백을 하실 겁니까?"

대첨 부인은 조지프가 별안간 구구단이라도 외운 것처럼 황당한 표정으로 그를 쳐다보았다.

조지프가 계속해서 말했다.

"좀 변화를 줘보시죠. 수수께끼 같은 일로 치부하지 말고 답을 찾아보시는 게 어때요? 네? 그것도 나름 흥미로울 텐데요."

조지프는 이 장황한 연설을 시작할 때와 마찬가지로 무표정하게, 조용히 말을 맺었다.

그러고는 고개를 살짝 돌리고 시선을 대첨 부인의 약간 왼쪽으로 돌려 서재 문에 고정했다. 방 안에 정적이 흘렀다. 대첨 부인은 정신이 멍해진 듯했다. 모두의 시선이 두 사람에게 쏠려 있었다. 저속한 표현을 그대로 쓰자면, 모두 눈이 튀어나올 것 같은 분위기였다.

조지프는 고개도 돌리지 않은 채 말했다.

"본인 딸들 일인데도 부인은 천장에 붙은 파리보다도 모르세요. 이런 얘길 하면 안 되겠지만, 해야겠네요." 그는 생각에 잠긴 표정으로 말을 이었다. "돌리가 지난가을 알바니아에 가서 애를 낳은 것도 **부인은** 모르시죠?"

키티가 고함을 질렀다.

"뭐예요! **조지프!**"

대첨 부인은 경악해 아무 말 못 하다가 잠시 후 소리쳤다.

"미쳤구먼!"

조지프는 고개를 저었다.

"아뇨, 전 미치지 않았습니다! 제 말은 사실이에요. 물론 **부인은** 아실 리 없겠지만요."

"뭐라고?"

"**부인은** 아실 리가 없을 거라고 말했습니다. 왜냐하면! 부인한테는 그저 아주 괴상한 일에 불과할 테니까요! 아주 희한한 일이겠죠! 돌리가 그런 짓을 한 것도 '정말 이상한 애'라서 그렇다고 여기실 겁니다! 그러니 돌리는 부인한테 그 일을 설명할 엄두조차 못 냈겠죠!"

대첨 부인은 이해가 안 되는 얼굴로 눈물만 또르르 흘렸다.

조지프는 그녀를 똑바로 바라보며 말했다.

"아, 걱정하실 필요 없어요. 돌리는 알바니아에서 산파의 여동생에게 아기를 맡겼으니까요. 아기는 행복하게 잘 살 겁니다."

키티는 방 한가운데로 달려와 어정쩡하게 섰다.

대첩 부인이 소리쳤다.

"대체 무슨 소릴 하는 거야?"

"할머니가 되셨다고요. 진실을 원하시면 알려드리죠……. 두 아이의 할머니가 되셨어요! 쌍둥이였거든요! 이 말까진 안 하려고 했는데. 부인은 눈이 빨갛고 하얀 쥐 같은 알바니아 손자 둘을 두셨어요. 그 애들한테 선물을 받고도 왜 감사할 줄 모르냐고, 부인은 머시기랑 거시기에서 몇 킬로미터 떨어진 곳에서 산다고 편지라도 쓰시든가요. 더 있다가는 기차를 놓칠 것 같으니 이만 가봐야겠습니다. 즐거운 하루를 보내게 해주셔서 감사하네요."

벌떡 일어선 조지프는 자기 방을 향해 계단을 달려 올라갔다.

대첩 부인의 뺨에 눈물이 흘러내렸다. 핼쑥하고 어리벙벙한 얼굴이었다. 그녀는 작은 손수건에 대고 코를 연신 풀며 말했다.

"조지프가 왜 저러지? 나한테 왜 저딴 말을 하는 거야?" 부인은 이 말을 몇 번이나 되풀이했다. "설마 사실은 아니겠지……?"

대첩 부인이 떨리는 목소리로 덧붙였다.

"**당연히** 아니죠! 신경 쓰지 마세요, 어머니! 술에 취해서 한

소리예요! 헛소리라고요!"

키티가 대첨 부인에게 팔을 두르며 위로했다.

케이티 큰할머니가 온화하고 상냥한 목소리로 말했다.

"터무니없는 말이지. 아까 조지프가 빨간 눈에 길고 하얀 꼬리가 달린 **알바니아** 아기 둘 어쩌고 말하자마자 헛소리하는구나 싶더라. 난 속으로 말했지. 돌리는 알바니아에 고작 오 주 있었어! 애를 낳고 말고 하기엔 너무 짧은 기간이잖니."

"큰할머님!"

대첨 부인은 케이티를 말리면서 창가 자리에 앉은 어린 로버트 쪽으로 고갯짓했다. 깔끔하게 웨이브를 넣은 부인의 회색 머리카락이 덩달아 까딱거렸다.

조지프의 얼굴은 여전히 묘하게 무표정했지만 가슴속에서는 심장이 미친 듯이 뛰고 있었다. 그는 숨이 제대로 쉬어지지 않았지만, 유포가 깔린 복도를 지나 방으로 성큼성큼 걸어갔다.

방에 들어가 창문 앞에 선 그는 황혼의 빛에 물든 텃밭의 겨울 장미 아치와 양배추를 내다보았다. 누군가가 다가와 그의 여행 가방을 집어 들고 밖으로 나갔다. 마음이 가라앉기 시작했다.

그는 돌리를 처음 만난 후로 이 자리에 서서 저 텃밭을 내다보고 서 있었던 게 몇 번이었는지, 얼마나 다양한 날씨를 경험했는지 떠올렸다.

언제부터인가 그들의 관계가 이상하게 틀어지기 시작했는데, 어떤 일 때문이었는지 정확하게 짚어낼 수가 없었다…….

생각해보니 그들은 작년 여름 내내 붙어 다녔다. 함께 여름 정자도 만들고, 그가 젓는 보트를 같이 타고 어디든 느긋하게 돌아다녔다. 그는 돌리에게 크로케 경기하는 방법을 가르쳐 주기도 했다. 그러다가…… 갑자기 돌리는 어떤 멍청한 여자를 대동하고 듣도 보도 못한 알바니아라는 나라로 떠났다가 기별도 없이 후딱 돌아왔다! 그곳에서 돌리는 오언 비검과 약혼했다! 확실히 수상쩍은 면이 있었다. 조지프는 영화관에 가기 전에 말턴 마을에서 열린 만찬에 참석했을 때를 떠올렸다.

불붙은 듯 뜨거운 여름이었다. 열어놓은 호텔 창문 앞에 그들 무리를 위한 만찬 테이블이 차려졌다. 조지프와 돌리는 나란히 앉아 해안 거리를 내다보았다. 그 시간쯤 해안 거리에는 오가는 이가 거의 없었다. 그 장면을 생각하자 우울하고 당혹스러웠던 느낌이 밀려왔다! 그는 그 장면을 또렷이 기억했다. 호텔 창문 아래 인도에 삼삼오오 모여 서서 담배를 피우며 잡담을 나누던 젊은 남자 점원들. 조지프가 기억하기로 이마가 별나게 좁고 키가 작은 남자들이었다. 그들 대부분이

(8월의 더운 날씨인데도 불구하고) 목에 오렌지색이나 갈색 스카프를 둘렀다. 그들의 시끌벅적한 웃음소리와 담배 연기가 열린 창문을 통해 계속 올라왔다. 그 땅딸막한 남자들은 만찬이 열리고 있는 호텔 위층을 끝없이 올려다보았다. 길 건너편에는 우체통이나 베개 받침처럼 통통한 체구에 헝클어진 머리 모양을 한 여자들이 서로 팔짱을 끼고 해안 거리를 느긋하게 걸어 다녔다. 해안 거리, 창문 아래 인도, 그리고 만 이쪽 지역은 늦은 저녁의 그림자에 잠겼으나 바다는 여전히 찬연한 햇살로 빛났다. 만의 바다는 해 질 무렵의 분홍빛 하늘 아래 몹시도 연한 빛깔의 푸른 유리창처럼 끝없이 펼쳐져 있었다.

수평선을 따라 연보라색 아지랑이가 넓게 펼쳐졌다. 어둑한 곳에서 피어나 소용돌이치며 올라가던 클로티드 크림● 같은 구름 덩어리들이 만찬 내내 풍만하고 관능적인 모습으로 분홍빛 석양에 붙들려 있었다. 그날 황혼의 빛 때문에 조지프는 돌리의 어깨에 꽂힌 하얀 장미를 담홍색 장미로 착각했다. 밀짚모자를 쓴 돌리의 매력적이고 우수에 젖은 얼굴, 길고 통통한 목이 담배 <u>끄트</u>머리에서 빛나는 불꽃 같았다.

그날 민어 튀김을 비롯해 여러 음식이 나왔는데 손이 별

● 우유를 서서히 가열해서 만든 걸쭉한 크림.

로 가지 않았다. 그래도 레드 버건디 와인은 나쁘지 않았다. 조지프가 그날 기분이 특별히 좋고…… 격하게 흥분했던 것은…… 와인 때문이었을지도 모른다! 저녁 식사를 마친 후 그들 일행은 영화관을 향해 말턴의 좁은 거리를 걸었다. 호텔 계단에 서서 보니 사람이며 집이며 인도며 모든 게 땅거미 속에서 환한 보랏빛으로 변해 있었다. 얼굴에 닿는 공기가 뜨끈했다. 공기 중에 라일락인지 헬리오트로프인지 알 수 없는 향기가 진하게 배어 있었다. 조지프와 돌리는 일행 뒤로 처졌고 결국 둘만 따로 떨어지게 됐다……. 여기서 중요한 점은 조지프가 돌리를 사랑한다고 느낀 것이다. 비록 그는 사랑을 **입 밖에** 내지 않았지만 돌리도 같은 감정일 거라 믿었다. 돌리도 그를 사랑했을 것이다.

하지만 지금 생각해보면 사랑이 아니라 울적하기 그지없는 거짓된 감정이었을지도 모른다.

조지프는 대나무 탁자를 옆에 두고 방 창문 앞에 서서 싸늘한 3월의 양배추와 자갈길을 내려다보았다. 지난여름 그와 함께 거리를 걸었던 돌리는 오늘 오후에 결혼한 돌리가 아닐 것이다. 오늘의 조지프 역시 그날 저녁 말턴에 있던 그 젊은이가 아니었다. 그날과 오늘 사이에 그들은 묘하게 어긋나 있었다. 무언가 잘못됐고, 사기라도 당한 기분이었다. 하지만 지금 그는 자칫 잘못하면 기차를 놓칠 수도 있어서 그 문제를 길게 곱씹을 여유가 없었다.

그는 방을 나가 복도를 걸으며 씁쓸하게 생각했다.

'아예 사랑도 하지 않는 것보다는 사랑한 후에 그 사랑을 잃는 게 나아. 다음 8월에는 누구를 내 보트에 태우게 될까?'

끔찍한 우울감이 그의 내면 어딘가에서 솟구쳐 올랐다. 그 감정은 강렬한 멀미처럼 온 신경을 따라 스멀스멀 흐르다가 깊고 깊은 곳으로 퍼져나갔다. 위장이 납덩어리로 변한 느낌이었다. 배 속이 온통 뭉쳤다. 낯설고 차갑고 무거운 울적함이 숨통을 조였다. 계단 맨 위에 다다르자 아래층 가족실에서 울리는 전화벨 소리가 들렸다.

대첨 부인이 큰 소리로 전화를 받았다.

"어머나, 도도!"

그 목소리에 조지프는 본능적으로 계단 위쪽에서 멈춰 섰다.

"아이고, 너무너무 고마워요! 그럼요! 모든 게 나무랄 데 없이 멋졌어요!"

대첨 부인은 전화기 속 도도 포츠그리피스 양에게 말하고 있었다.

조지프는 머리가 포탄처럼 무거워지고 목이 소모사처럼 약해진 기분이었다. 꽃무늬 벽지에 뒤통수를 기대고 섰다. 대첨 부인이 전화기에 대고 명랑하게 떠드는 소리가 들려왔다.

"정말 최고였죠! 그럼요⋯⋯. 그리피스 양이 여기로 건너오지 못해서 너무 안타까웠어요. 손수 만들어준 전등갓은 고맙게 잘 받았어요! 그럼요! 모두 감상했어요! 여기 모인 사람들 전부 다요! 어쩌면 그렇게 잘 만들었는지! 솜씨가 참 좋아요! 예쁘고 화사하더라고요! 흐으으으읍⋯⋯. 정말 고마워요. 그랬죠⋯⋯. 날씨가 참 쾌적하고 좋았어요! 작고 오래된 교회가 햇볕에 아름답게 빛났죠. 덕분에 우리 딸들이 입은 노란 드레스가 멋지고 화사해 보였답니다. 흐으으으으으읍."

조지프는 계단 아래 가족실과 대첨 부인, 이 집 전체, 이 집 안에 담긴 모든 것이 문득 몹시도 시시하게 느껴졌다. 이제 여긴 그와 무관한 집임을 퍼뜩 깨달았다. 마치 길쭉한 망원경을 거꾸로 돌려 들여다본 것처럼 계단 맨 위에 앉아 있는 자신과 계단 아래 가족실에 모여 있는 이 집 가족들의 모습이 눈앞에 그려졌다. 귓속에서 윙윙대는 소리가 점점 커졌다. 걱정스러울 정도로 요란하게 윙윙대는 소리 너머로 맑은 목소리가 그의 머릿속에 울려 퍼졌다.

"너한테 필요한 건 브랜디야."

그 소리를 듣고 조지프는 생각했다.

'그래, 브랜디를 좀 마시는 것도 나쁘지 않지.'

그날 오후 밀먼에게 들은 브랜디 얘기를 떠올렸다. 어디로 가야 밀먼을 만날 수 있을까? 그러다가 직접 브랜디를 찾아보기로 생각을 고쳐먹고 식당으로 향했다.

해설

종잡을 수 없는 날씨와 마음

줄리아 스트레이치는 소설가로서 경력을 시작하기 전에 모델 겸 사진작가로도 일했다. 뛰어난 문학적 재능에 빼어난 외모까지 가진 대단한 여성이라 당연히 사교계의 관심을 끌었고 여러 남성과 염문이 있었으나 가정은 편안하지 못했다. 줄리아의 불안정한 성격과 굴곡진 인생살이가 대표작《결혼식을 위한 쾌적한 날씨》에도 잘 반영되어 있다. 이 작품은 줄리아가 스티븐 톰린과의 첫 결혼을 끝낸 후 쓴 소설이다. 애인과 남편, 어머니와 딸, 형제와 자매, 친구 사이에서 로맨스의 희비극을 이야기하는 작품으로 평가되고 있다.

'결혼식을 위한 쾌적한 날씨'라는 제목만 보면 쾌적한 날씨에 이루어지는 결혼식에 관한 소설이겠구나 하는 생각이 들테지만 이 소설에는 진정한 의미의 쾌적한 날씨도, 결혼식도 없다.

이 소설에서 쾌적한 날씨를 강조하는 인물은 신부의 어머니인 대첨 부인이다. 대첨 부인이 말하는 아름답고 쾌적한 날씨의 기준은 집에서 말턴 고원까지 훤히 보이느냐다. 자기가 있는 자리를 기준으로 먼 곳까지 잘 보이느냐를 기준으로 삼는 것은 결혼식의 실질적인 의미보다 외적 형식에 중심을 두는 대첨 부인의 가치관을 보여주는 동시에 신부인 돌리의 알맹이 없는 결혼관을 나타낸다. 돌리는 어머니 대첨 부인과 자주 부딪치고 어머니에게 거부감을 드러내지만 결국 사랑하는 조지프가 아니라 다른 사람들의 눈에 무난하고 좋은 신랑감인 오언을 남편으로 선택했으니, 모녀는 다른 듯하면서도 상당히 비슷한 인물이라 할 수 있다.

작가는 돌리와 전 애인 조지프의 로맨스를 열정적으로 묘사하고 있는 반면에 돌리와 신랑 오언의 관계는 단편적이고 피상적으로 서술한다. 결혼식 당일 돌리와 조지프는 집 안에서 서로 몇 번이나 엇갈리다가 서재에서 만나 격정적인 포옹을 하는데, 그 상황에 서재 문을 연 신랑 오언은 방해해서 미안하다며 거북이 얘기로 어색하게 끼어들 뿐이다. 결혼식을 위해 집 안에 모인 인물들이 짜증스럽고 우스꽝스러운 대화를 나누는 가운데 진실한 사랑은 어디에서도 보이지 않는다. 신부 돌리는 사랑보다 의무를 택하고 허울뿐인 결혼식을 올린 후 오언과 남미로 떠난다. 그렇다고 조지프의 사랑이 대단히 진실하고 완전하냐면 그렇지도 않다. 그는 사랑했던 돌리가 결혼식을 올리는 날 집으로 찾아와 마지막 순간까지도 돌리를 붙잡을지 말지 갈등하며 우유부단하게 군다. 돌리도 조지프가 자기를 붙잡으면 함께 도망갈 생각을 해보지만 조지프가 끝내 말을 꺼내지 않자 그대로 오언과 결혼해버린다. 결말 부분에서 조지프는 돌리가 알바니아에서 쌍둥이를 낳았다고 폭로하고 집 안 분위기는 막장으로 치닫는다. 진실한 사랑이 아닌 의무감에서 이루어진 이 막장 결혼은 쾌적한 날씨의 행복한 결혼식과는 영 거리가 멀다.

돌리뿐만 아니라 여동생 키티도 낭만적인 사랑의 본질에 의문을 제기한다. 그리고 돌리는 끝내 사랑과 열정보다는 의무와 존경을 택하고 오언과 결혼하기로 한다. 결혼에 있어서 조건보다 사랑을 더 우선시하기 시작한 것은 20세기 중반 이후부터다. 1930년대까지만 해도 사랑보다는 상대의 조건이나 물질적인 면을 중요시했으니 그런 당대의 모습이 이 작품에 잘 반영된 것으로 보인다.

1932년에 출간된 이 소설은 2012년에 영국에서 드라마로 만들어진 바 있다. 영국의 유명한 시대극 드라마 〈다운튼 애비〉에서 다운튼 애비의 사랑스러운 안주인 역할을 맡았던 엘리자베스 맥거번이 〈결혼식을 위한 쾌적한 날씨〉 드라마에서는 딸 돌리를 통제하는 신경질적인 어머니로 등장한다. 그리고 주인공 돌리 역할을 맡은 펄리시티 존스는 이브닝드레스 스타일에 가까운 1930년대 웨딩드레스를 제대로 소화하면서 극의 분위기를 이끌어간다. 드라마가 1930년대 유행한 의상 및 집 안 인테리어를 생생히 보여주는 만큼 소설과는 또 다른 재미를 느낄 수 있으니 기회가 된다면 시청하길 권하고 싶다.

공보경

휴머니스트 세계문학 034

결혼식을 위한 쾌적한 날씨

1판 1쇄 발행일 2024년 4월 22일

지은이 줄리아 스트레이치
옮긴이 공보경

발행인 김학원
발행처 (주)휴머니스트출판그룹
출판등록 제313-2007-000007호(2007년 1월 5일)
주소 (03991) 서울시 마포구 동교로23길 76(연남동)
전화 02-335-4422 **팩스** 02-334-3427
저자·독자 서비스 humanist@humanistbooks.com
홈페이지 www.humanistbooks.com
유튜브 youtube.com/user/humanistma **포스트** post.naver.com/hmcv
페이스북 facebook.com/hmcv2001 **인스타그램** @boooook.h

편집주간 황서현 **편집** 김대일 이성근 김선경 **디자인** 김태형 차민지
조판 아틀리에 **용지** 화인페이퍼 **인쇄·제본** 정민문화사

ISBN 979-11-7087-135-4 04840
    979-11-6080-785-1 (세트)